城里城外

代英夫 著

图书在版编目（CIP）数据

城里城外 / 代英夫著 . -- 北京 : 华夏出版社有限公司，2023.10
ISBN 978-7-5222-0558-8

Ⅰ.①城… Ⅱ.①代… Ⅲ.①中篇小说—小说集—中国—当代②短篇小说—小说集—中国—当代 Ⅳ.① I247.7

中国国家版本馆 CIP 数据核字（2023）第 170407 号

城里城外

著　　者	代英夫
责任编辑	李春燕
责任印制	周　然

出版发行	华夏出版社有限公司
经　　销	新华书店
印　　装	三河市万龙印装有限公司
版　　次	2023 年 10 月北京第 1 版　2023 年 10 月北京第 1 次印刷
开　　本	880 mm×1230 mm　1/32 开
印　　张	8.75
字　　数	160 千字
定　　价	48.00 元

华夏出版社有限公司　网址：www.hxph.com.cn　电话：（010）64663331（转）
地址：北京市东直门外香河园北里 4 号　邮编：100028
若发现本版图书有印装质量问题，请与我社营销中心联系调换。

目 录

自　序　　　　　　　　　／001

三战三捷　　　　　　　　／001
粉红色的秘密　　　　　　／012
春　梦　　　　　　　　　／031
少　妇　　　　　　　　　／037
大龄女　　　　　　　　　／045
暮　冬　　　　　　　　　／054
隐　私　　　　　　　　　／064
快　感　　　　　　　　　／072
扯　淡　　　　　　　　　／080
出　名　　　　　　　　　／090
朦　胧　　　　　　　　　／103
文友记怀　　　　　　　　／113

好友老苟	/ 118
城里城外	/ 127
风中有雨	/ 165
千条江河归大海	/ 233
代后记	/ 257
跋 / 黄大军	/ 261

自 序

也许是我把主要创作精力都用在了长篇小说上，抑或是我根本就不善于中短篇小说创作，总之《城里城外》这本小说选，在思想性和艺术性上都没有达到应有的高度。但我依然比较看重此书，原因恐怕连我自己也说不清楚，就像许多人谈及人生时一样。

此书总共收入我的中短篇小说16篇，除了个别几篇之外，其余或多或少都有我的某些影子。我认为，至少这应该算是重要的特点之一吧，尽管我在写小说时曾有过个人化的创作倾向，可我始终秉持"好看小说"这个创作理念，力求抛弃一味地在书房里自言自语的俗套，千方百计展示大千世界的风土人情，寻找各种机缘去拨动人们的心弦，渴望引起共鸣。虽然我尽了最大的努力，却未必能够达到预期的艺术效果，只能由读者朋友们检阅之后做出评判了。

我从事业余文学创作的时间并不短，在各级报刊上也没少发表作品和获奖，还结集出版了10部个人专著，遗憾的是，至今未能创作出一部真正的文学艺术品。因此，那就从2023年这个春天开始吧，我要以出版此书为新的起点，调动全部的生活积淀和艺术功力，全身心地投入到新的创作实践中去。至于是否能够取得理想的收获，往往并不是以个人的意志为转移的。西谚云"天下王子成千上万，贝多芬只有一个"，说的也是这个道理。但就个人而言，只要我一步一个脚印地把文学创作的马拉松长跑坚持到底，无论能不能获得冠军或较好的名次，我都是这个世界上最幸福的人。

借此机会，我要衷心感谢广大读者多年来对我的关爱和支持，同时还要特别感谢知名文学评论家黄大军博士为此书作跋，谢谢他对我的评论和鼓励！

2023 年 5 月于牡丹江

三战三捷

不久，九一八事变爆发了。在镜泊湖一带，最赫赫有名的人物就是安文吉。此人胆大心细，机智过人，是一个死也不肯当亡国奴的风尘硬汉。

抗日救国军军长王全会和参谋长李延禄商量后，决定派手下一名得力的干将老李前去请安文吉出山，打击日本关东军的小岛支队。早些年，老李的妻子因患滚肠痧，求安先生看过病，由此二人便结下了友情，相处得像亲戚一样。

二人见面后，几乎唠了一夜。天不亮，二人就上路来到救国军的临时驻地。安文吉拜见了两位首长，部队给他接了风，把任务交给了他。第二天，安文吉便带着猎枪，前往辽宁瓦房店山里打猎去了。他本来就是一位好猎手，不用装扮，就是一个地地道道打猎人的样子。

安文吉将打来的猎物拿到瓦房店街头去卖，不过几日就被日本鬼子看见了。小岛支队长最爱吃野味，便把安文吉叫到他的支队部，收了安文吉所有的猎物，并且把安文吉留下来，让安文吉用他们的洋枪到山里去打猎。这正中了安文吉的下怀。他表现得非常殷勤，每天早出晚归，带回丰厚的猎物，很快就获得了小岛支队长的好感。支队要北上的时候，小岛支队长对关东军军部的部署感到不安，因为他们对那里的地理环境不熟。入侵东北以来，日军没有受到东北抗联大规模的抵抗，军部产生了麻痹的心理。他们以为再往北部进发会长驱直入，不会受到多大的抵抗。这伙强盗低估了东北人民的抗日力量和对日寇的仇恨心理。可是小岛支队长粗中有细，他要慎重行事，想找一位熟悉沿途地理环境的人做向导在前边引路。经盘查，猎手安文吉是沿途镜泊湖人，经常出没于这一带的山谷林间，对沿途山势路途十分熟悉，于是小岛支队长选中了安文吉。为了安全起见，小岛支队长把安文吉叫到眼前，问道："你的什么地方的干活？"

"我是镜泊湖人，以捕鱼和打猎为生，从小就生活在白山黑水之间。"安文吉道。

"我们要前往哈尔滨，你愿为我们带路吗？"小岛问。

"为皇军办事是最荣耀的，请吩咐。"

"我们大日本皇军前来，你不恨我们吗？"小岛继续问。

"皇军说哪里去了，皇军前来中国是为大东亚共荣的，是来帮助中国人的，谢还谢不过来呢，怎么还能说恨呢？你还不知道，在我们那里，皇军所到之处，人们夹道欢迎、欢呼口号。"安文吉故意麻痹小岛。

"由此地出发,奔往东京城、宁安一带,有几条路可走?"

"只有两条路,都不好走,是山路。东路山势陡峻,深草没踝,人烟稀少,走这条路十分艰难。西路是车马行人常通过的地方,行走要方便一些。只是有一段路,左边是悬崖绝壁,右边就是镜泊湖。此乃兵家要害之地。大日本皇军,威武雄壮,路经此地,如走无人之境,绝无差池。"安文吉诱敌深入。

"你说那地方没有土匪盗贼?"小岛诡谲地问。

"土匪的没有。几个小贼算得了什么?听说皇军驾到,早吓得望风而逃了。"

小岛心中十分高兴。"你的大大的好人,皇军的朋友,明日我们就出发。你的前边的带路。"

"我的明白,愿为皇军效力。"安文吉补上一句。

第二天刚刚破晓,小岛支队的五六百名日本兵,荷枪实弹,加上坦克和战马,一同开赴宁安。路上十分顺畅,虽没有人夹道欢迎,但总有些人好奇,不时出来观看。小岛感到路人十分友善,便放心大胆地向前进发。到了第三日,天空格外晴朗,他们来到了镜泊湖边。水鸟不时地拍打着翅膀,从水面上腾起。还有从远处传来的山谷中特有的花香。安文吉知道前面不远处就是"一夫当关,万夫莫开"之地,而小岛坐在军车里睡得正香。眼看着小鬼子就要进

城里城外

入救国军的埋伏圈了，安文吉借解手的理由跟在了队伍后面。小岛支队还在无所顾虑地前进。这时，从山上抛出了像雨点一样的手榴弹。顿时，山下成了一片火海，小鬼子血肉模糊，惨叫声不止。小鬼子无处躲藏，有的跳进湖里，溺水而亡；有的慌忙向前逃窜，被打死过半。小岛坐的军车在后，没被手榴弹击中，他仓皇逃命，狼狈不堪。等小岛醒过腔时，安文吉早已没有踪影了。小岛叫道："我们上当了。把那个向导给我抓回来，死了死了的有。"

首战大捷，日本鬼子死了三百多人，丢下大批枪支弹药，都被当地百姓捡得送给救国军了。这些武器充实了战士们的装备，也鼓舞了战士们的斗志。安文吉胜利完成任务，得到了抗联军部的表彰。

救国军首长分析，穷凶极恶的小岛不会就此罢休，他损兵折将无法向上司交代，肯定会再纠集一部分兵力，驻扎在此地，寻找救国军的下落进行报复。这次他有了教训，远离了那段狭长地带，转移到离湖区不远通往东京城的一片开阔地。小岛以江山娇为据点，仰仗着精良的武器装备，要与救国军决一死战。小岛支队等了几天，见救国军没有任何动静，又采取一些办法故意引诱，救国军就是不上他们的当。

小岛是个急性子的人，他认为救国军已不敢露面，早已逃窜了。就在他无心恋战而要北进的时候，他的一小股部队在桦树沟被

三战三捷

袭击了,几十人的小分队全部被歼。小岛恼羞成怒,集结几百人进发桦树沟。等他派去的援军到达时,救国军连个影子都没了。数日后,小岛等得不耐烦了,派出刺探情报的人员回报,都不曾发现救国军的踪迹。小岛感到又上当了。一阵歇斯底里地嚎叫后,小岛下令继续北进。就在这当儿,救国军又神出鬼没地出现了。

其实小岛根本不晓得,救国军就在他的身边。他们拿起枪来就是救国军,放下枪就是老百姓。为了北进,小岛把他所有的部队都集中在桦树沟。此地只有几户人家,房子坐落在沟口。桦树沟的下方是一片大草甸子,长满的深草已经枯萎。救国军根据安文吉的提议,对小岛支队采取火攻。救国军很快在大草甸子燃起熊熊烈火,火从四面八方点起。小岛支队看大火燃烧起来,便调头夺路北进,结果恰与事先埋伏在那里的救国军狭路相逢。小岛这才恍然大悟,大火是救国军放的,不得不连连后退。火借风势,风乘火威,大火扑面而来,鬼子有的被活活烧死,有的在逃窜中被车马践踏而死,只有一小股鬼子从东北方向逃跑了。在这次战斗中,小岛支队损失惨重,连夜逃往东京城。

小岛支队长之所以能侥幸逃命,是当时救国军内部把守在东北方向、地主出身的三营长擅离职守,一枪没发,给小岛支队长让出了一条生路,他才得以逃脱。

城里城外

桦树沟战斗震撼了日本关东军司令部,他们加强了在东京城和宁安一带的军事部署,增加了小岛支队的兵力。

小岛连吃败仗,受到上司的痛斥,险些被免职。幸亏他的舅舅在关东军司令部里,他连吃败仗的事才不了了之。小岛总结两次失败的教训,感到自己太大意,不应该轻视中国人。就在他精心拟定第三次作战计划的时候,忽然有人来报,说从瓦房店北进时给他们带路的人不是猎人,而是一个中医,有人发现他正在东京城里一家商号给人看病呢。一听此话,小岛怒火中烧,那次上当让小岛损兵折将,抓还抓不到他,他竟自投罗网来了。小岛马上下令,立即把此人抓来。

不多时,手下的人回来报告说,此人已经离开东京城回老家了。小岛又下紧急命令,立即前去捉拿。安文吉到家还没把板凳坐热,家里忽然闯进一队日本兵,把他五花大绑起来,带着他去了东京城日本关东军临时支队部。路上,他镇定自若,心里不停地盘算着怎么与小岛周旋。快到东京城时,他的计谋已定,他决定让敌人再次上钩。

见了小岛,小岛并没厉声厉色地对他,这是安文吉没想到的。小岛说:"别来无恙,我的老朋友。"

"托小岛先生的福,我还好,感谢你的挂念。"安文吉应酬道。

"你的朋友的不是。上次你给我带路,怎么半路偷偷地跑掉了？"小岛开门见山地说道。

"先生休怪，我有生以来没见过那阵势，枪炮一响，我就吓蒙了。我怕我们中国人认出我，知道是我给你们带路，那我就没命了。所以，我就趁着混乱逃命了。"安文吉解释着。

"你的撒谎的有，你的奸细的是。不然，中国军队怎么知道我军的路线和时间？"

"这……"安文吉寻思了一会儿，又接着说，"这我就说不清了，这得问你自己了。我正为这件事纳闷儿呢！"

"你的良心大大地坏了。来人，把他拉出去，上老虎凳、灌辣椒水，看他的嘴还硬不硬！"

"小岛先生，你这是伤害无辜。我冒着生命危险来为你效力，竟遭此报应，今后还有哪个中国人敢来为你们效力？我知道你是误会我了，本想再为你们效力，这样我还怎么效力？"

"先退下去。"小岛一挥手，吩咐左右。

小岛被安文吉的话打动了。他觉得安文吉讲的话也有一定道理。站在中国的土地上，还得让中国人治中国人。这是上策。再说，安文吉究竟是不是奸细，一点儿根据也没有。不能冤枉了他，留着他还是有用的。

"老朋友，你误会了，我是想跟你开个玩笑。先吓唬吓唬你，看看你的意志力怎么样。"

"小岛先生，这种玩笑可开不得，要真的动起手来，那老虎凳可不是吃素的。"安文吉半开玩笑地说。

"是条好汉，老虎凳也没吓住你。听说你是一位中医先生，医术很高明，能否在皇军中从医呀？"

"不敢当，不敢当。小的出身贫寒，只是个小小的江湖郎中，没有什么大本事，多是骗人家小钱花花，不可大用。"

"过谦了。先生不愿意我也不勉强。我听你话中有话，你让我问问我自己。这是什么意思？你能说明白点儿吗？"小岛想起了安文吉刚才说过的一句话。

"先生，你是个明白人，这意思你应该比我明白。你怀疑我是奸细有一定道理，因为我是中国人，日本人不可能做中国人的奸细。我不知道你们中间还有没有中国人了，如果有，那你就得细细思量了。"

安文吉的一席话，不仅使自己摆脱了嫌疑，重要的是，可以离间一下在他们里边的中国人与日本人的关系，瓦解他们的战斗力。经他这么一说，小岛的心里真倒犯寻思了。在他们队里有两个烧饭的是中国人，再有就是那个戴眼镜的翻译官是中国人。烧火做饭的两人是粗人，干不了这么大的事。如果有事，就是这位翻译官了。

三战三捷

这个人很重要,是小岛的一个喉舌,大小事他都知道。为了稳妥起见,今后对翻译官也要防着点儿,只能让他给做一下口头的简单翻译。身边没有合适的人,不然最好还是日本人做翻译。

日子一长,翻译官就感觉到小岛对他已经不信任了。给日本人办事,两头受气,日本人怀疑你,中国人恨你,哪头都不够人。说不好哪一天脑袋就搬家了,怎么丢的都不知道,到那时该多惨呀!不能这么傻干了。翻译官一天比一天消极,这恰恰中了安文吉的计。安文吉就是要离间他们的关系,给小岛从内部制造麻烦。安文吉的暗示真的起了作用,小岛认为上两次战斗失利,都是翻译官串通东北抗联造成的。既然内部出了奸细,一日不除,坐立不安,他决定拔掉身边这颗钉子,只可惜身边没有翻译可以替换他。两次被救国军重创,小岛的直接上司对他非常恼火,认为他无能,要撤换他。可是毕竟关东军司令部里有小岛的舅舅,上司也奈何不了他。他反而洋洋得意,不把上司放在眼里,有时自行其是,公开与上司唱反调。在一些具体问题上,上司也经常找他的不快。小岛怀疑翻译官是奸细,要撤换翻译官并问罪,上司就是不答应,说小岛没有确凿的证据,只是推断,没道理。而且上司告诉小岛,上边不能马上给他派去新翻译。上下一较劲儿,小岛也被弄得焦头烂额,进退两难。翻译官看大势已去,再待下去也没有什么好果子吃,一天夜

城里城外

里趁小岛不备，偷偷逃跑了。

小岛的复仇心理极强，他要把上两次战斗中丢的脸找回来，于是重新纠集兵力，决心消灭一直与他作对的这股救国军。他又从上边要来装备精良的五百人，战车四十余辆，轻重武器齐备，组成了关东军的一支精锐部队。他把战场布在马莲河的下游，当时这里住着几户人家，一直都以捕鱼为生。小岛在这里修工事、筑炮台。军车出出进进，只做简单布防，几天过去都不见有救国军袭扰。这样过了月余，小岛连救国军的影子都没见到，他又像泄了气的皮球。上司多次催他北进，接收哈尔滨，但小岛只想挽回自己的脸面。他派出的密探均报无救国军的下落。如果贸然出击，他又怕重蹈覆辙，这让他度日如年。

小岛支队长要继续以休整为名不再北进，上司就要以军法处置他了。时间不允许小岛在镜泊湖一带逗留，他不得不放弃原来的想法，不得不改变计划北进哈尔滨。安文吉感到时机成熟了，他抓住了小岛的心理，立即散布谣言，说东北抗联已走在了他们的前面，去哈尔滨欢迎他们了。小岛一听肺都要气炸了，他觉得他已经让中国军队牵着鼻子走了，事情很被动，他很懊恼。到了哈尔滨，这就等于以疲惫之师来迎战。小岛再三考虑之后，决定还是在帽儿山布阵，不进哈尔滨。

小岛主意已定,挥师北进。他兴奋异常,坐在军车里,哼着小曲,洋洋得意。当部队开出东京城不远,到了一段山谷时,从山腰的西侧抛出来一排排的手榴弹,手榴弹在小岛的战车上开了花,一辆辆战车抛锚,堵塞了前面的路,一小股走在前面的鬼子兵被埋伏在前边的救国军堵截。公路上,人仰马翻,血肉横飞。小岛十分狡猾,他乘坐的军车总是在大股部队之后,他又躲过一劫。望着眼前的残兵败将和那血肉模糊的战场,他失声痛哭起来。此刻,他的心情糟糕透了,他向部下咆哮道:"都是蠢猪!多次密报,都说救国军远走哈尔滨了,怎么这么快就转回来了?"

有人报告:"这些情报,都是从那个给咱们带过路的中国人那里得来的。"

"八格牙路!他的话怎么能当情报!"小岛支队长骂道。可是他细细一回想,这几次战斗失利,都与这个安文吉有关,说部下听信中国人的话,难道他不一直也听这个中国人的话吗?

死到临头,小岛支队长最恨的就是这个让他连吃三次败仗的安文吉!唯一让他满足的,是还有机会以死效忠天皇陛下。于是,他举起战刀,用力地向自己的腹部刺去……

(此小说于2010年获黑龙江省作家协会等单位主办的"纪念抗日战争暨世界反法西斯战争胜利65周年"征文三等奖)

粉红色的秘密

一

这是一个真实的故事。

主人公有两个人，一个叫孙伟，一个叫刘铭，故事主要是围绕着他俩展开的。这天中午，刘铭和文友们喝了一顿酒。本来，他是不想参加这次聚会的，现在全国上上下下都抓得紧，白天喝酒犯忌，有点儿顶风上的意思。但他还是去了，不为别的，只因为请客的人是孙伟。

市公安局原处级侦查员孙伟，在岗时屡立战功，多次受到公安部的表彰奖励，现在已经退休多年。两年前，他突然喜欢上了写作，在大大小小的报刊上发表了不少文学作品，还获过奖。平时文友们聚会，总想喝几盅，学习李白借酒抒发豪情。孙大哥不愿拼酒，却爱和大家交流思想感情。尤其仗义的是，他每次都抢着买单，而且抢着打车送文友们回家，生怕他们喝酒后有什么闪失。所以，孙伟请客，大家都不好意思不去。孙伟还在电话中说明，警官作家一个都没请，因为公安部"五条禁令"规定，警察中午一律不许喝酒，只好不让他们来了。

粉红色的秘密

这年头，乌纱帽戴上不容易，摘下来可就在转瞬之间。刘铭心里揣着明白，嘴上连说"下午开会"，只是象征性地喝了一杯白酒，连个黄段子都没敢讲。还不到上班时间，他就打车回单位了。

刘铭也是由于文学创作成绩比较突出，机关应用文写得比较溜道，才有今天的。别看他个子矮矮的、头发稀稀的、眼睛眯眯的，但他脑瓜子好使，善于为人处世。转眼间，一个大山深处巡道工的儿子，担任铁路房产中心主任已满二年了。虽然只是个小科权子，毕竟在铁路房产中心那儿叫一把手，人财物他说了算，就能找到当官儿的感觉。当领导就得注重形象，穿衣戴帽，群众疾苦，言谈举止，作息时间，都要特别上心。要不，怎么带班子？干部和职工都瞄着你呐。

整个二楼走廊里不见人影，所以刘铭的棉皮鞋碰到地上特别地响。他下意识地放轻了脚步，走到主任室门口，用钥匙轻轻打开门，脱下大衣，回手把门带上。这时，他才深深地哈出一口酒气。

走到办公桌前，桌上堆满了报纸、书刊和文件，上面还有一封信。刘铭顺手扯过这封信，看都没看，就撕开了。也是，几乎每天都会收到许多信件，就今天最少。净是一些产品广告、旅游介绍，各种论坛邀请函，还有什么《世界名人录》入选通知书等，乱七八糟，有时他干脆扫一眼就把这些都丢到纸篓里了。

· 013 ·

这封信是打印的，刘铭心想："百分之百又是那些广告之类的东西。"要是手写的，他今天肯定会认真地看一看，说不定是哪位好友的来信。这时，信中夹着的一张名片掉到了地上。刘铭弯腰捡起来，不是名片，是照片。仔细一瞧，他顿时傻眼了，红脸儿立刻变成了白脸儿，小眼睛瞬间变成了大眼睛，就连呼吸也急促起来。原来照片上是一对男女正在交合的情景，而那个微微抬头的男人就是刘铭。面对这飞来的横祸，他吓得瘫坐在转椅上，满头大汗，嘴角不停地抖动着。也就是几秒钟的工夫，他不得不再次拿起照片，眯起小眼睛仔细地端详起来。

这张照片比4寸的彩照要小一些，光线稍微发暗，两个人都是赤身裸体，整个一幅春宫图。他多么希望这不是自己，而是别人。现在，他已经断定这个男人绝对就是他刘铭。最让他确信无疑的是，这个男人的右腿有点儿细，那是他小时候患过小儿麻痹症后留下的。仔细观察，他现在走路还有点儿瘸，不明显，可是一脱裤子就明显了。毁了！这可咋办啊？这不是要我的命吗？

刘铭忽然又想起那封打印的信，一把抓过来，焦急地将它凑在眼前——

粉红色的秘密

刘铭先生：

　　你好！

　　当你打开这封信时，你一定会感到很惊讶。其实你大可不必，因为我与你之间并没有政治与权势之争。我只是某知名新闻网站的供稿员，也就是大家所称的"狗仔"。因为身份的特殊性，有人特花重金雇我，要求对你进行全面细致的跟踪和调查，其目的只有一个：要整掉你。根据雇主提供的线索，经过一段时间的调查和暗访，我发现了你的经济来源和生活作风存在严重的违法违纪问题。就我现在所掌握的资料，一旦泄露，你将面临妻离子散和牢狱之灾。

　　我和你前世无仇今世无怨，整掉你对我并没有多大好处。如果你想破财免灾，请在收到信后两天内速汇12万元到中国建设银行，户名：韦增玄，账号：6217002940101392883。钱到账后，我会和你联系的，告诉你我的雇主是谁，了结此事。资料在我处很安全，你放心。所谓拿人钱财予人消灾，雇主那里我会担当。但如果你不汇款或故意拖延汇款时间，到时就别怪我把事情做绝了，希望你不要挑战我的耐心……

　　切记：你只有两天时间！！！

韦增玄

2013年12月9日

看完信，刘铭彻底绝望了，他的脑袋在膨胀，里面却是空的。他已经不知道什么叫害怕了，只是觉得身体软绵绵的，连喘气都有些吃力。不知挨过了多久，他才重重地发出一声叹息，深而长。他猛然想起应该把门反锁上，想想又觉得不妥，站起来又坐下，做贼似的悄悄拉开抽屉，只见信封上写着中心的地址和他的姓名，寄信人的信息是："浙江省湖州市紫云路18号，邮政编码：313000。"信封右上角的邮票上还盖着当地的邮戳。这时，走廊里好像传来了脚步声，他连忙把这封信和照片藏进一本名叫《正义的力量》的书中。

二

下班后，刘铭就像喝醉了酒似的，跌跌撞撞、晃晃悠悠上到三楼，鼓捣了半天，才打开自家的防盗门。他一点儿也不饿，什么也不想吃，脱掉大衣，就一头倒在了双人床上，瞪大眼睛，望着天花板默默发呆，一直望到月上中天。

起身打开家中所有的灯，屋子里一下亮如白昼。不知是灯光的作用，还是心情使然，刘铭的脸色惨白，仿佛涂上了一层粉，活像一个吊死鬼。他在所有房间里转了一圈儿，然后一屁股坐到沙发上，从公文包里拽出《正义的力量》，从书中翻出信件和照片，把

粉红色的秘密

放大镜贴在照片上,未及细看,心又"怦怦怦"狂跳起来,脸颊热得发烫,耳朵热得发烫,双手也热得发烫。

刘铭闭上眼睛,用意念控制着心跳,尽量平抑急促的呼吸,待情绪稍有缓解,才睁开双眼。他的手哆嗦着再次拿起了放大镜,仔仔细细研究起这张合影。首先,床头似曾相识,上方和两侧为椭圆形木边,颜色较深;然后是分为六块合一的平面软包。枕头、被褥、床单都是白色的。这样的宾馆房间他肯定住过,可是一点儿也没有记忆,也许是喝醉后失忆了?后来这个小女子远嫁南方,如今她男朋友致信向他索要青春损失费来了?不排除这种可能,否则,照片怎么解释呢?他已不相信自己了,他曾经梦到过自己非礼一名年轻漂亮的女电影明星。

想到这,刘铭又重重地叹了一口气,接着浑身一激灵,后背有一阵凉风掠过。他后悔极了,恐怕连肠子都悔青了。那年去浙江参加一个铁路房产改革研讨会,妻子特别想和他一起去,说两人可以住一个房间,在家也得吃饭,她的火车票也可按铁路家属内部规定处理嘛。怕影响不好,他坚决没有同意。为这件事儿,妻子和他背靠背打起了冷战,还骂他:"肯定是嫌我碍眼,想找个小姐出溜出溜。"现在刘铭恨死自己了,去就去呗,能怎么地?有妻子在身边,就不会出这事儿了,更不会发生今天这样严重的后果。这就是

城里城外

命呀！

突然，电话铃声骤响。刘铭见是妻子的号码，内心一阵慌乱：是不是妻子已经知道了他的丑事，打电话声讨他来了？他一连咽了几口吐沫，才拿起听筒。

"为什么不接电话？"妻子没有工作，去儿子家差不多一个月了，为儿媳伺候月子。

"我睡得太死了，没有听见。"刘铭解释道。

"你怎么嗓子有些哑了？"妻子又问。

"睡觉睡的。"

"胡说八道，那你睡吧。"妻子把电话挂了。

妻子的电话让刘铭想起了许多往事。记得刚结婚时，他老往妻子的被窝里钻，钻进去还不老实，惹得妻子手挠脚踹，斥责道："你还有完没完？让不让人睡觉？"

刘铭只好辩解："那你干吗老摸我？"

"你是流氓，"妻子有些生气了，"占了人家的便宜，还反咬一口，将来肯定会耍流氓。"

果然妻子有远见，十多年前，刘铭真的有点儿出格了。那是在一个洗浴中心，和几位客人洗完澡，上二楼去休息。一位妖艳的按摩小姐有意无意地在他的敏感部位碰了一下，刘铭闪电般伸手在小姐的乳房上抓了一把，笑道："扯平了。"

再后来，刘铭开始迷恋上了黄段子。每当在酒席上喝到高兴时，他都要讲上一两个黄段子助酒兴。久而久之，他什么都敢讲了，甚至到了百无禁忌的地步。

可能是妻子凭直觉对刘铭的变化有所察觉，夜深人静，温存过后，妻子吹起了枕边风，规劝起刘铭："你都四十大几了，要成熟和稳重，别成天说黄段子。不了解你的人，还以为你就是个大色鬼呢。你说，是不是？"

"看你说的，我只是过过嘴瘾，没有实际行动。放心吧，永远不会出事儿的。"刘铭用胸膛紧紧贴着妻子的后背，妻子头发中散发出来的洗发水的缕缕清香，让他感到特别的温馨和幸福。

现在终于出事儿了。汇款吧，等于承认嫖娼。不汇吧，两天后他可能就会身败名裂，撤职加党内警告。刘铭真的害怕了，他感到自己已经走入绝境：半生功名，即将毁于一旦。到那时，儿子、儿媳和孙子都将鄙视他，妻子也要跟他"打八刀"，他将被这个家庭扫地出门，成为最最下贱的小丑。他的眼前立刻幻化出一条流浪狗夹着尾巴四处游荡的场景。

三

刘铭经历了一个不眠之夜，那滋味儿真是不好受。睡不着觉还不算什么，最难熬的是，一阵阵袭来的紧张、忐忑和噩梦般的恐惧。

刘铭坐在主任室的转椅上，身体前倾，肘部支在桌上，两手托着下巴，茫然地望着对面的白墙。一声长叹，发自肺腑。看来仕途今生今世到此为止了。半年前，他还梦想可能弄上个副处级呢，尽管他用黄段子讽刺过处级干部，其实他内心里时常想得直痒痒。他属龙，还不到50岁，应该能赶上最后一趟末班车。而且，他当正科级一把手也三年多了，工作干得风生水起，也有不少好的口碑。特别让他高兴的是，今年元旦，儿子结婚了，他比儿子还高兴。儿子对儿媳也比较满意，就是觉得她个儿有点矮。刘铭嘴上说儿媳"人长得好，人品更好，还是大学老师"，心里对自己的亲家有好感，人家可是市委组织部的副部长。

想着、想着，先是有窒息感，然后是眼花缭乱，继而是头晕目眩，头痛欲裂。慢慢喝了一杯茶水，有所好转，但还是有些昏昏沉沉的。刘铭只好用内部小号给办公室主任孙淑坤打了一个电话，告知她自己看材料太多，有些头痛，上医院去了，如果有急事，可以给他打手机。应该说，自从当上中心主任后，他真像变了一个人似的，开始变得懂规矩了，谨言慎行，做事恰到好处，再也没有说过荤话，爱讲黄段子的坏毛病也早就改了。这么小心又小心，还是出了麻烦。

孙伟家在爱民区兴平路的一座旧楼里，房子不大，简单的老式装修。如今女儿结婚了，在北京工作。就他和老伴儿两人住一室半的楼房，还算比较宽敞。

"孙哥好！我来看你来了。"一进门，刘铭就把一桶"军马场小烧"放下，"这可不是送礼呀，昨天你还请我们了呢，对吧？"他知道孙伟喜欢这酒。

"对对对，礼尚往来。"

"嫂子呢？"

"锻炼身体去了，就在明珠广场。"

落座后，刘铭就不知如何开口了，想了半天，欲言又止。

"有事儿你就说，那老婆子不到中午不回来，说吧。"在公安战线工作多年的老警察，职业的敏感让他猜到刘铭一定有事需要帮助。

刘铭叹了一口气，说："我出事儿了。"

"慢慢说，别着急。"孙伟为他倒了一杯白开水。

"我收到一封信,还有一张照片,说我嫖娼了,让我花钱平事儿,要汇款12万元。"刘铭低着头,不敢看对方的眼睛,说完,把照片和信恭恭敬敬地递了过去。

孙伟戴上老花镜,琢磨起来。

寂静,好一阵的寂静,让刘铭觉得时间过得太慢了,仿佛又是漫长的一夜。

"要不,先少汇点儿行不行?"刘铭试探性地问。

"胡闹!"孙伟吼道,声音震得水杯直颤,看来他真的生气了,"那叫无底洞你懂不懂?平事儿费之后是封口费,封口费之后是了结费,你能交得起吗?你到底有没有事儿,自己应该最清楚。"

"我没有,真的没有。我犯过错误,但我没有嫖过娼。"刘铭斩钉截铁地回道。

"那你究竟犯过什么错误呢?"孙伟的口气和蔼了许多,"我们是文友,你到我家来,说明你信任我。就咱俩人儿,你就直说吧。我替你保密,我一定帮你到底。"

刘铭嗫嚅道:"我洗过澡,在洗浴中心洗的。就……就是按摩了,女的。别的什么也没有。"他的额头上冒出了细细的汗珠。

"你说的话如果有隐瞒,问题就大了。"

"我没有,真的没有。"

"但我认为有。"

"她摸我了,我也摸她了。"

"还有呢?"

"没了。"

孙伟没再逼问,而是为刘铭削了一个苹果,又为他的杯里续满了白开水,笑道:"任何人都有可能犯错误,改了就好。你肯定还有心里话,相信我,说吧。"

"我没嫖过娼,但我犯过一个和嫖娼有点儿关联的错误。"刘铭字斟句酌地继续说,"多年前,有一天,我接到了家乡同桌女同学苗文静的电话,她说到牡丹江了,想和我见面。我很高兴。我请她吃饭了,她也很高兴。后来,她对我说,她和丈夫这就要到广州做买卖去了,丈夫先走的,对她不太好……她说如果方便的话,想让我陪陪她。后来,我们就在一起了。这是我犯的最大错误,我都说了。"

"这和嫖娼有关系吗?"孙伟问道。

"我们是在一张床上,而且我搁里头了。"

孙伟差点笑出声来,但忍住,没笑。

刘铭最后说:"这么多年,我们再也没有联系过。我也忘了问她的地址和电话。临别时,她扑在我的怀里哭了。"

孙伟想留他吃饭,刘铭说没胃口,孙伟便又安慰了他几句,一直把他送到楼下。

四

12月18日,是应该汇款的最后期限。按理说,昨天就该汇,今天已经是第三天了。刘铭连续经过两个不眠之夜后,脸颊瘦了一圈儿,小眼睛布满了通红通红的血丝,脸色时白时红时黑,一天变几次色。谁看到他都大吃一惊,以为他肯定生病了,而且病得不轻。

好在刘铭之前已声明自己生病了,至少可以瞒过今天,最后一天。等他的丑闻登录全国各大知名网站,他就成了反面教材。刘铭已经吓得惶惶不可终日了,说话颠三倒四,答非所问,而且关闭了手机。也只有此时,他才在内心承认:自己根本就不是副处级的料儿,能够当个正科级就不错了。

上午9点,刘铭谎称刚从心脑血管医院回来,和单位收发室的同志匆匆打了一个招呼,就快步上二楼溜进主任室。他拔掉电话线,拉上窗帘,把自己反锁在屋里。

说心里话,他现在最后悔的就是昨晚的事情了:一阵敲门声差点儿把他吓掉了魂儿。他从门上的猫眼看清是妻子后,才把门打开，并关闭了客厅的吊灯。妻子似乎没有发现他的反常之举，埋怨道："我老远就看见咱家楼上屋里亮着灯，敲门，你不开。你真是越活越怪了。"

"这不是开门了吗？你知道当领导的一天有多不容易，整不好就犯错误了。今天写了一天报告，太累了，别理我。"

趁妻子做晚饭的工夫，刘铭躲进卫生间给孙伟打了一个电话，小声地说："我妻子回来了，千万别往我家打电话。明天我抽空儿去拜见你。"

刘铭走出卫生间，又把手机关了，他最怕随时收到催款电话。隔着厨房的门，他对妻子说："孙子那么小，回来你放心吗？"

"我就是回来看看你，明天还回去。"妻子的话伴随着炒菜声一起传出。

晚上，妻子钻进了他的被窝，很温柔，很温暖，很温馨。她柔柔地说："我洗澡了……"怪不得又闻到了熟悉的清香。也许这是最后一次了，他也很渴望，但好像下面发生了故障，不能正常履行丈夫的权利和义务了。于是，他起床来到卫生间，想进一步检查检查，这一看不得了，他发现老二明显变小了，像个小家雀儿藏在不敢见人的角落，一动不动，奄奄一息。

主任室不能久留。刘铭有一种预感,他很可能会被纪检委的同志堵在屋里,那就糟了。还有很多事情要马上办好,不然,就更对不起妻子、儿子和孙子了。

突然,他想写出这几天的心情,三言两语也好。他当即找出一本铁路分局发的、还没舍得用的工作记事本,一口气写完三天的日记——

12月16日

今天收到一封匿名信,说我在经济和作风方面有问题,这是无中生有的污蔑。我是清白的,没有贪污行为,也没有嫖娼行为。单位财务人员和我妻子都可以作证。

12月17日

在没有走上领导岗位之前,也就是十多年前,我犯过洗澡错误。和朋友们一块儿去的,有过异性按摩。但那是为了理疗,出发点是正确的。

12月18日

我承认我不是完人,也许我犯过什么错误,但我愿意痛改前非。中国是法治社会,人人都该守法。我和妻子旅游住宾馆时,可能被针孔摄像机偷拍过,请组织认真调查。如果我有什么不测,那就是被坏人逼上了绝路!

粉红色的秘密

刘铭左看右看,觉得这三篇日记写得好,似乎承认了错误,又好像根本没有承认。尤其是说和妻子旅游过,这是最高明的神来之笔。但愿妻子能念及旧情,把罪过扛下来,就说黑暗中照片上的那个女的是她,给自己留个好名声,也不白叫一回刘铭。与此同时,他又觉得自己先走一步,抛下孤儿寡母,有些于心不忍。但是,他实在是没有法子呀,才出此下策。看来这都是命啊!

不能磨蹭了,得马上走人,再不走就来不及了。刘铭火速赶回家,把总共18万元的三个存折放到一块儿,撕下一页日历,写上:"老伴:所有的存折密码都是654321。儿子不爱好文学,可把我的藏书送给孙伟大哥。"然后,他把所有的钥匙和钱包放到茶几上。刘铭原本还想给妻子留一封长长的诀别信,但心太乱,写不下去了。他穿上大衣,戴上棉帽,系上围脖,兜里只有身份证和100元打车钱。最后,他冲着当年的结婚照,跪地给妻子和自己磕了三个响头,用手抹去眼角噙着的泪水,又抓起一瓶牡丹江大曲揣进怀里,"噔噔噔"下楼,跑到街上,挥手打车直奔牡丹江东四跨江大桥。

刘铭在桥头下了出租车,就向江边跑去。此时风雪弥漫,早已封江了。昨天他就踩好点儿了:江心有一处20多米长的冰面没有封冻。可是,现在旁边有一个白须白发白眼眉的老者,正在舞动着帽子高声地冲他喊话："你没事儿了……"

江风太大,他根本没有听清楚。同时,老者也在向他跑来,没跑几步,就重重地摔倒在冰面上,挣扎了半天,也没站起来。他见四处无人,便加快了脚步,向老者跑去。扶起一看,不是别人,正是孙伟大哥。刘铭鼻子一酸,泪水忍不住夺眶而出。

"今天我打你手机,你又关机了。"孙伟连日来劳累加上火,又跌了一跤。毕竟老胳膊老腿儿了,在冰天雪地和寒风中冻了这么长时间,不仅腿脚不怎么好使了,连说话也不那么顺溜了。他接着说道:"我怕你寻短见,又往你家里和单位打电话,还是没人接。我真是急蒙了!好在昨天,我就跟踪过你,发现你来过江边。冥冥中,我相信,咱哥俩儿的缘分断不了,就打车来到……这里。市局和湖州警方……联手,案子破了,但犯罪嫌疑人尚未落入法网。通过秘密侦查,发现他们把搜索来的影像,移花接木,改头换面,然后,用合成的色情照片和恐吓信,向厂长、官员、名人敲诈钱财,数额特别巨大。有人不……洁身……自好,不敢报案,私下……解决。所以,不法分子才气焰……嚣张,用假证件……在银行开户,大肆诈骗……"孙伟冻得嘴唇发紫,说不下去了。

"快起来吧,不然就冻坏了。对了,我这里有一瓶白酒,喝一口暖和暖和。"刘铭说着掏出酒瓶,就要拧盖。

粉红色的秘密

孙伟坚决地用手推开，一字一顿地说："这是你的……壮胆酒，我不喝，不喝，不喝。"

刘铭羞愧至极，哭道："哥，我错了！"然后，他吃力地背起孙大哥就走，虽然有点儿一瘸一拐，但是步伐坚定有力，雪地上留下了一串或深或浅的足迹。不知走了多长时间，反正他俩的身上都冒出了热汗，寒风一吹，挂满了白霜。走到位于江滨广场的"八女投江"大型雕像前，他们已经累得气喘吁吁、筋疲力尽了。在孙伟的指挥下，他郑重地把那瓶白酒洒在雕像基座的正下方。

几天后，那位用 PS 技术合成色情照片和恐吓信搞敲诈的犯罪嫌疑人"韦增玄"来电话了，直接打到了刘铭主任的座机上。电话录音如下：

"为什么还不汇款？难道你想上电视吗？"

"我实在拿不出那么多钱，砍价行吗？"

"不行！少一分也不行！"

"那你就把照片直接寄到公安局或检察院吧。"

"你知道后果有多么严重吗？"

"不知道。但我报警了。"

"你真是疯了！我们可以交个朋友嘛……"

"我操你妈，你是我儿子！"

城里城外

　　刘铭气得摔了电话，转念一想，刚才自己这粗话骂得赔本了，有失文人身份，于是马上又打了回去，想用文明的语言痛斥他一番，可是电话那头一位女士礼貌地回道："您好！您所拨打的号码是空号，请核对后再拨！"

春　梦

最最担心的事儿，到底还是发生了。

女儿在电话那头高声叫嚷着，嘴快得就像机关枪，每句话都是射向他心头的子弹，根本不给刘铁回答的机会——

"你给我妈的信怎么寄给我了？都过大半辈子了，还说那些黏黏腻腻的话，没准你就是一个采花大盗！你要小心我的火眼金睛，是不是你还有……"

"百合！"刘铁刚刚说出两个字，又被女儿打断了，气得他使劲儿在地上跺了一下脚。

刘铁此刻肠子都悔青了，这年头哪还有人写信？他恨不得拿脑袋撞墙，碰个头破血流也无所谓。转念一想，不行，这可是在大学的宿舍里，一旦撞死了，人们还以为我因贪腐败露畏罪自杀了呢，死了还得背黑锅。

一连半个月的企业高管培训，每天都要听著名的教授、学者和有关领导讲课，笔记写了满满两大本。刚才又让女儿气了一通，刘铁顿时觉得特别累，心里难受，倒头躺在床上。

这里的学习和生活条件都非常好，饭菜比较可口，关键是一个人一个单间，尽管面积不大，毕竟称得上是相对独立的私密空间。就是这个该死的私密空间，经常让他晚上睡不着觉。实在没有法子，他就一个人闭着眼睛躺在床上胡思乱想。想着、想着，便想起了年轻时的一些往事。首先想到的自然是老伴林淑芳了，他们两家是老邻居，两人从小一块儿长大。刘铁比淑芳长四岁，他大学毕业那年，淑芳正好高中毕业。淑芳头一年高考失利，便找"铁哥"辅导，希望来年再考。淑芳当姑娘时的确漂亮，让刘铁动心了，辅导到一半，变成扑倒，他们热恋的细节令刘铁至今难忘。淑芳的外在美主要还是在五官上，两只水灵灵的大眼睛格外明亮，鼻子笔挺而又精巧，嘴角常常挂着甜甜的微笑，而且总爱脸红。这一切，都让刘铁十分着迷，他每天都要想尽一切办法创造条件，和林淑芳幽会并亲热一番。

结婚后，有一天，刘铁突然发现妻子的外在美荡然无存了。美丽的脸蛋变得平平常常，再也看不出任何与众不同。尤其是她的身材糟糕透顶，该凸起的地方不凸起，该凹陷的地方不凹陷，不仅没有女性的曲线美，而且不解风情。他知道，女人的外在美迟早是要消失的，可是内在美为啥也不见了呢？

同事们隔三岔五总想到饭店聚聚，喝点啤酒，联络联络感情，借此放松一下绷紧的神经。刘铁只是偶尔才去，大多都以各种各样的理由婉言推辞了。不过，也有例外，每当大学同学热情相邀，他似乎从来没有驳过大家的面子。

这天晚上，刘铁又和同学们撮了一顿。当他带着些酒意推门进屋时，林淑芳劈头就是一通训斥："又去喝马尿了，整天就知道喝喝喝。家你也不管，孩子你也不管，什么都不管，就会当甩手掌柜。你看看别人家，哪个男人下班后不是又买菜做饭，又帮助照看孩子？"

"我什么都干，那找你干什么？"酒劲儿上来了，刘铁的话显然不中听。

"放屁！"林淑芳抱着女儿也不示弱，骂声中带着哭腔，"你说的是人话吗？我又要上班又要带孩子，还要洗衣服做饭，让你帮一把还错了吗？婚前你是怎么说的，婚后你又是怎么做的？你虚伪得一点儿人味也没有了，你就是一只披着人皮的狼！"

刘铁正要反击，襁褓中的百合突然一声尖叫，接着便哇哇大哭起来。一定是妻子偷偷掐女儿了，因为当时他举起手就要冲过去。

"你还敢打我们，说你几句，你就……"淑芳一边说着一边用手护住脸，抱着女儿往床头连蹭了好几下。见此情景，刘铁心一软，又把手放下，气得从牙缝里挤出两个字："泼妇！"说罢，一扭身，拽开房门，眨眼之间就消失在夜色之中。

城里城外

二十年前的牡丹江，楼房比现在少多了。桥北地明街一带，道路还没有拓宽，夜晚的路灯更是无精打采，只能照出人形，却看不清长相。刘铁走在树影婆娑的明月路上，心里堵得慌，渐渐放慢了脚步。这时候，在明月路和祥伦街十字路口，有一位长发及腰的年轻女子正在走走停停地向他张望，他又加快了脚步。女子也加快了脚步，但仍不时回头看他。刘铁心想，也许是这个女子走夜路害怕，希望与他同行。奇怪的是，他快走，女子也快走；他慢走，女子也慢走。莫非今晚我要有艳遇？刘铁猛然发力，箭步追了上去。女子穿高跟鞋跑不快，刘铁还是撵上了女子。一步之遥，二人喘着粗气，但谁也不先开口。

好奇心驱使刘铁首先搭讪，女子用手向前指了指。原来是个哑巴，要他护送一程。于是，他们便向兴中路方向走去。刘铁让女子在前面引路，自己跟在她身后保驾。夜真静呀，高跟鞋叩击马路，声音清脆而富有节奏，他甚至还能听到女子的飘飘长发摩擦花衬衫发出的极其细微的声音。刘铁的目光顺着女子瀑布般的长发向下滑动，突然他的目光被女子扭动的臀部吸引住了。他浑身一颤，生怕失控产生邪念，便没话找话说："别害怕，我是好人。"

"我知道你是好人，那就送我回家吧。"女子突然说话了，把刘铁吓了一跳，她的声音好耳熟。这时他们正好走到了一盏路灯下，

春　梦

刘铁仔细一看，竟是一个小时前还在一起喝酒的女同学苏婉。

"呦，怎么是你？"刘铁故意装出很惊讶的样子。

"刚才大家没喝尽兴。你走后，我又陪他们喝了不少，没让他们送。走到十字路口，我也有点儿害怕了，就觉得过来的人像你，果然是。"

他们说说笑笑又走了一会儿，便上了一座老式的筒子楼。穿过长长的公用厨房，苏婉用钥匙打开房门，按亮白炽灯。室内，除了一张大床和一个长沙发外，还有一个不大不小的书架、一个梳妆台、一个茶几，墙角立着的衣架上挂满了衣服和兜子。苏婉转过身，对刘铁嫣然一笑，说："这是单位分给我的临时住所，你不会见笑吧？不过，我也很幸福，一人吃饱，全家不饿。请坐吧，我也没有罚你站呀。"

刘铁虽然坐下了，却觉得颇不自在。

苏婉给他倒了一杯白开水，又加了两勺白糖，放到茶几上，笑道："你还回家吗？都快 12 点了，要不你就在沙发上将就一夜吧，我在床上睡。咱俩孤男寡女，就都别脱衣服了。"说完她就上床躺了下来。

白糖水未喝完，灯就灭了。刘铁蜷缩在沙发上，盖着西服，几乎一夜未眠。迷迷糊糊之中，苏婉把他叫醒了："天亮了，快起床吧。"

刘铁伸了一个懒腰，自嘲道："一世英名，毁于一旦，我就是跳到黄河也洗不清了。你可不能让我枉担虚名呀……"

"别老耍贫嘴，上床歇一会儿吧。我做饭。快点儿，别磨蹭了。"苏婉跳下床，把刘铁拉到大床上，便到厨房去了。

离家半月，难免有思乡之情，刘铁忙里偷闲，分别给女儿、老伴和苏婉写了一封信，每封信都写得情深意长。刘铁先把写好的信封排出顺序，又核对几遍，没想到还是装错了信封。人算不如天算，命中必有一劫，谢天谢地，没有出现更大的差错。他真的有些后怕，幸亏是把给老伴和女儿的信弄混了，要是把给苏婉和林淑芳的信装错信封可就麻烦大了，今后还怎么面对老伴、女儿和未来的女婿？想到这儿，他惊出一身冷汗，一骨碌从床上坐起，连忙拨通了老伴林淑芳的手机："亲爱的，腰疼好多了吧？对了，我把给你的信和给百合的信装错了信封，你没有生气吧？学习太忙，都忙糊涂了，唉！"

"我干吗生气？你教育孩子的话我全看了，都对。信已经给百合了，我让她好好看看，她说一定听爸爸的。这么晚了打什么电话，浪费话费。注意身体，别熬夜，赶快休息吧。我没事儿，病好了。"

放下电话，刘铁深深地舒了一口气。

春天就要过去了，梦也该醒了……

少　妇

一

天刚放亮，林区的大多数人家尚在睡回笼觉，林业局东北角一户住宅的烟囱却早已冒出了袅袅炊烟。别看这个巴掌大的小院不起眼儿，里面猪圈、鸡窝样样俱全，而且干净利索，有声有色。明眼人一看，便知这家有一名好主妇。

"吱"的一声房门开了，一阵风似的走出一位二十七八岁的年轻女人。尽管她已经做母亲了，但是仍然杨柳细腰、艳若桃李，只是脸上长出了蝴蝶斑。她上身穿着红线衣，下身是银灰色筒裤，尼龙袜子高跟鞋，腰里扎着围裙，手中拎着猪食桶向大门口处的猪圈走去。

真是说干就干，喊哩喀喳。眨眼间，猪喂上了，鸭子放出来了，小鸡也给撒食了。目睹小院，她轻轻地叹了口气，脸上露出笑容。突然，屋里传出婴儿的哭声，她好像有些扫兴了，皱皱眉头，低声说了句什么，回屋了。一进里屋，她的脸上又露出了笑容，忙用毛巾擦擦才洗的双手，从摇摇车里抱出还不满一周岁的粉团儿似的儿子，连亲两口，笑道："小宝宝，妈妈的好孩子！"说着她举起孩子，欲抛空中。她对孩子说："快长大吧，好能帮妈妈干活。听见了没有？看，妈妈都快要累死了！"孩子睁大双眼，嚅动着小嘴儿。

女人一只手抱着孩子，另一只手轻轻地拍着，来回在砖地上踱着，不时冲孩子扮个鬼脸儿，最后，在她和丈夫的结婚照前停住了。她扯下一页日历，望着她和丈夫的结婚照，忽地变得含情脉脉、羞羞答答了，自言自语道："杀千刀的！整天瞎忙，也不着家。你从来也不说陪我说说话，这趟回来，说什么我也……"越说声越小，只能她自己听得到，"不许你公出了！"

"哇——"儿子又哭了。

"不哭，不哭，好孩子。不哭，吃奶！"她坐在沙发上，掀起衣襟，露出白皙硕大的乳房，把乳头塞进孩子花骨朵一样的小嘴里。顿时，孩子不哭了，在使劲儿地吸着乳汁。直到儿子吃饱了，女人才把饭菜端上桌子，这时刚好早晨6点。窗外，一派大好春光。

二

女人名叫江海丽，是一名理发员。此时，虽然她在吃早餐，但却吃不出饭菜的滋味。原来丈夫前天从天津发回了电报，说今天晚

少　妇

上回家,也不知是为什么,她又想起那难忘的初恋——

1989年秋,待业青年江海丽就了业。俗话说:头三脚难踢。这一天,她上班来了。

也许是因为礼拜六吧,店门一开,立即便涌进五六位来理发的顾客。按照先后顺序,他们在理发店的长椅上一字排开,坐等轮到自己。另一位理发员已经热情地开始工作了。见此情景,江海丽热情地对大家说:"喂,哪位同志请到……"说到这儿,过速跳动的心使她紧张得说不出话来。

"不着急。"一位老年人婉言谢绝。

"我也不着急。"另一名中年人接道,并用胳膊撞了一下身边的老者。老者先是一愣,然后起身冲她笑笑,又坐下了。

江海丽的脸"唰"地红了,一直红到脖子根儿,她忙低下头,差点儿哭出声来。这一切都被刚刚进来的刘庆林看见了,他连想都没想,便径直朝江海丽的理发椅走去,"同志,可以吗?"她猛然抬起头,又点点头,竟把盈眶的泪甩到了刘庆林的鼻梁上。庆林从镜中见她正挥手抹泪呢,忙又问道:"怎么样?"

"啊——哎,"她以最快的速度为庆林围上白布单,问:"长点短点?"

"都行,反正我把脑袋交给你了。"庆林轻声但是充满信任地说。

江海丽为了给这个好心眼儿的小伙子理好分头,简直就像针黹女红。本来理一位有15分钟就够了,可她却用了快半个小时。当怀着感激的心情把刘庆林送到门外时,江海丽见刘庆林老是用手捂着耳根儿,指缝中有血迹。哎呀,准是刮边时不小心给割破了!江海丽忙道:"同志,你……"

庆林飞身上车,一手把车把,一手捂着耳根儿,回头笑道:"我还来!"

自行车飞驰而去。

打那以后,三年时间,她一共给刘庆林理发35次,刘庆林也成为她的男朋友。

回忆往事,江海丽的泪水掉到了饭碗里。

三

把孩子送到托儿所,江海丽便奔向了理发店。照例,她又是头一名到单位的。

上午很快过去了,下午的时光更是不知不觉流逝。这一天,她过得十分轻松而愉快。

下班的时间到了。

少　妇

她用背带背着孩子走出托儿所,沿着新近修铺的黄沙大道向家走去。走着走着,她的眼前一阵朦胧,又陷入回忆之中——也是春天,也是黄昏,也是在这条路上,她和庆林并肩漫步着。晚风习习,风中夹带着丁香花的淡淡香气,时而有一两片杨树嫩叶飘落在他俩的头上、身上。

"我们已经是第三次走在这条路上了,"庆林柔声软语,"我觉得,我们俩挺好的。哎,海丽,你说呢?"

"我不说,"她瞟了庆林一眼,笑了,低头噘起嘴儿,轻轻地、甜甜地说:"因为你……还没有回答完我的问题呢。"

"什么问题?"

"傻样儿!你自己知道——刚才说过的。"

庆林蒙了,莫名其妙,干张嘴儿说不出话来,一副让人发笑的苦相。

"说呀。"

"说啥?"

"你自己知道!"

"我知道啥?!"庆林喊了起来。幸亏路上没人,否则,人们会以为他们吵架哩。

"嘻嘻,瞧你!还要打人哪?"

"我……"庆林不喊了。

"那么我问你：你为啥总找我理发？"

"我不是说了吗？"

"书呆子！"她生气了，"你笨死了！你就不会说一句……让人高兴的？真是的！"怨言中带有哭音。

"别哭，你别哭。"庆林有点儿慌了。

"我就哭！"她转过身，"呜呜呜"真哭了。

"我……我爱你！"

"我恨你！"她破涕为笑。

"恨我也爱你！"庆林柔柔地说。

她突然感到身体发软，一点儿力气也没有了，甚至连眼皮也睁不开了，顺势倒在了庆林的怀里。

到家了，而她也结束了幸福的回忆。

四

进屋后，她把孩子从背上卸下来，抱在怀里，一面哄孩子睡觉，一面思忖着如何为丈夫接风洗尘。好了，一切都想好了。可是孩子还没睡，仍在瞪着双眼，抓弄着小手，煞有精神。她凝视着儿子，努力地从他的脸上寻找着丈夫的影子。一分钟、两分钟、三分钟……半小时，孩子终于睡着了。

鱼、肉和新鲜青菜昨天中午就买回来了，鸡蛋自家就有。因此，只听外屋厨房里一阵"叮当"声，不到一个小时，丰盛的晚餐便全做好了。

甜蜜的一夜……

五

一晃半年过去了，纸浆厂决定再次派刘庆林去天津采购生产纸浆的设备，因本厂精通全面业务的大学生只有他和总工程师两人。别看他是工农兵学员，由于勤奋好学，他不仅知晓理论，而且技术也是过硬的。再说，上次去天津也比较熟悉了，不派他去派谁呢？

接到通知，刘庆林是既高兴又不安，高兴的是可以为单位做些应尽的工作，不安的是怕海丽不同意，但他还是把任务接受了。

晚上，当他把又要公出的事告诉她时，他立刻就遭到了妻子的一顿责备。"得了，我全明白了。如今你也学会先斩后奏的招儿来了，哼！你走吧，反正这个家也不是你的，你永远也别回来了！"说罢她熄了灯。

"你看你，我这不是和你商量吗？又不是说……一定去，你干吗这样，嗯？"

"有啥可商量的？事到如今你还不老实，还跟我耍什么花招儿？！"她猛地转过身去，留给庆林一个光溜溜的后背，哭道："哼！你自己……早都说漏了。"

黑暗中，庆林一愣，伸伸舌头。

她蒙上了头，被子中有哭泣声。

"唉！"庆林心软了，"明天……"

"你走吧。"她掀开被头，"我……我让你……最后这一回。"

庆林鼻尖发酸，动情地说："我对不起你！丽丽，我……"

"快别说了，看把孩子吓醒了。"她慢慢地转过身子，伸出丰腴的手臂，把丈夫紧紧地搂入怀中。

大龄女

一

早晨,林永妍照例又是头一个到单位上班的。她身着合体熨帖的藏青色女式西装套服,脚穿中跟白皮鞋。齐耳短发刚剪过不久,既显得洒脱利落,又透着几分高雅。按世俗的观点看,好像大龄女都是一些性情古怪的人,否则的话,她们怎能至今还待字闺中呢?不过,林永妍非常地活泼和开朗,而且易于接近。她主动向门卫李大爷打了招呼,笑吟吟地走进大院,见糕点车间的门还没开,便把手绢铺在门前的台阶上坐下了。

林永妍的眼睛突然一亮,脸也有些热乎乎的,因为掏手绢时把衣兜里的信带到了地上。自从林永妍撰写的《我的家庭养鸡经验》和记者的通讯在报上发表后,这是她收到的第11封来信。尽管她坚信完全可以猜出信的内容,但她还是迅速将这封忘了看的来信小心翼翼地捡起来,情不自禁地拆了封。顶多两分钟,林永妍就看完了这封长达9页的信,以致连她自己也有些纳闷儿。随着一阵从未有过的、激烈而慌乱的心跳,她忙闭上双眼。"该死的!我这是咋的了?"她自言自语道。原来又是求爱信。

这位当年林业局公认的美神维纳斯，曾经是何等的动人心魄啊——白皙的瓜子脸上总是泛着少女特有的红晕，黑亮而有神的丹凤眼眨着长长的睫毛，修长的身材，苗条的腰肢，丰满的胸脯……即使穿上一身洗得发白、打了补丁的劳动布工作服，也是颇有魅力的。因此，设法接近并讨好她的小伙子成群结队，情书更似雪片般飞来。但是，她毫不动心，俨然神圣不可侵犯的白天鹅！然而今非昔比，一切都不同昨天了：昔日的追求者基本都成为孩子的爸爸，而她秀美的容颜却正在无情地衰老。林永妍十分清楚这些。为了帮助父母挑起生活的重担，她毫不犹豫地忍痛割爱，付出了巨大的代价。

上班的时间到了。

"如果让我当厂长，我非狠狠地惩罚一下这帮家伙，把经济效益搞上去。"此时此刻，林永妍又想起了食品厂的现状，她重重地叹了一口气，自言自语道，"我就不信不能扭亏为盈！"她简直有些坐立不安了，恨不得马上去找经理也来个毛遂自荐，并且立下军令状。

七点过五分，叶曼华迈着方步来到食品厂。别看她的新居离单位很近，她又没有孩子，可是整个春天她几乎没有正点上过班。有一次，是她拿钥匙，都快到七点半了还没把门打开。无奈，林永妍只好上她家去请她。正欲敲门，忽听屋里叶曼华正和丈夫在撒娇呢。于是，林永妍使劲儿地咳嗽一声，果然奏效，里面立即就没动静了。在回食品厂的路上，她突然打趣地笑道："曼华，刚才我可什么都听到了。"

"听到什么？"叶曼华明知故问。

"嗯——"林永妍拉长了声音，"我的宝贝……对吧？"说罢她大笑起来。

"胡说，瞎说！"叶曼华举拳打她，脸色绯红。

"君子动口不动手，快走吧。"林永妍说。

现在，叶曼华见林永妍正坐在那里出神，手中还拿着一个厚厚的信封，"扑哧"一声笑了，然后蹑手蹑脚地向她的背后走去。要知道，叶曼华是最爱搞恶作剧开心取乐的。

"喵！"她猛地用手捂住林永妍的双眼，并变着腔调闷声闷气地说："你猜我是谁？"

林永妍一惊，没吱声，飞快地一只手把信揣进衣兜，另一只手朝她的大腿掐了一把，只听叶曼华"妈呀"一声松了手。

"还闹不？"林永妍站起身来，不依不饶。

叶曼华边揉着大腿边说："哎哟，真是疼死我了！哎，我说老林，你刚才看的是不是情书呀？"

"是又怎么样，不是又怎么样？"

"哎，我说老林呀，我看你也别太心高了吧，差不多就行了，闭了灯都一样。俗话说：'男到三十一枝花，女到三十豆腐渣。'你还是实际一点儿吧。再说，结了婚也可以活得更有意思。"

"多谢了。"林永妍神情庄严地望着叶曼华，"不过，你若问我什么事情最不能将就，那我马上就可以告诉你，那就是真正的爱情。"

叶曼华还想辩论，却被林永妍一把拽住了她的右手，"还不快上班，几点了？"

二

夜深了。

隔壁大屋的挂钟敲了12下，可是林永妍怎么也睡不着觉。本来她的生活好比一泓清水，由于接二连三投来的"石头"，激起了层层涟漪，记忆之门也一下子全部被它们撞开了：

"妈妈，老师明天要学费。"

"妈妈，我也要学费。"

两个妹妹围着母亲要钱，母亲抬起头，放下手中的破衣服，把针别在胸前，皱着眉头，极不耐烦地说："钱钱钱，成天要钱。要

大龄女

不,干脆都别念了!昨天买书又买本,今天又要交学费。唉,养了些要账鬼!"母亲是刀子嘴豆腐心,说归说,做归做,她还是把钱给了她俩。这时,不懂事的小妹妹把嘴噘得能挂个油瓶子,眼泪也在眼圈里打转。她生气妈妈为什么不给她做件新衣服,老是将姐姐们的旧衣服改后给自己穿,还总给二姐和三姐钱。她俩也没有上班呀,妈妈真偏心!

每当这时,林永妍的鼻子都是酸酸的。身为长女,又无兄长,她怎么会忍心不帮父母一把呢?因此,她16岁便辍学参加了工作,开工资后一分钱也舍不得花,都如数交给母亲。就这样,日复一日,年复一年,不知不觉竟成了大龄女。

想到这,她拉开电灯,披衣坐起,沉思片刻,来到写字台前找出纸和笔。她要写什么呢?当然是回信了。

成新同志:

信收到。过奖,愧不敢当。你让我谈谈近况,有什么好谈的呢?一切如故,整天都是无休止地忙。不过,我还是乐在其中的。我虽然失去了青春的浪漫,但我学会了丰富的面案技术。业余时间,我除了喂养近百只产蛋鸡,便集中精力参加自学考试,偶尔也写几首小诗。你的来信很有趣,可以看出你的性格。我愿意和你保持联系……

写完此信,她如释重负地叹了口气,把信装入信封,封好压在枕下,随手熄了灯。可她还是一点睡意也没有。

她失眠了……

三

翌日,尽管外屋厨房里响声不止,林永妍六点半了也没起床。也许怕她听不见吧,母亲大声地喊道:"大丫,快点起来吃饭吧,一会儿上班就晚了,听见没有?"

"听见了。"她揉着惺忪的双眼,连连打了几个哈欠,随即以最快的速度穿好衣服,把被子叠好,然后到外屋厨房舀了一盆洗脸水。

母亲还在唠叨着,她不管你爱听不爱听,老是重复说过的话,也不嫌累。

"妈——"林永妍觉得母亲好像已经发现她的心事似的,觉得很不自然,"人家都起来了,你就别唠叨了,还叫我的小名。再别叫了,啊,我的好妈妈!"别看姑娘大了,在母亲面前永远是个孩子,自然也就有点儿撒娇的语气。

大龄女

真是人逢喜事精神爽，林永妍仿佛一下子年轻了10岁，就连梳头时也哼着什么"青春呀青春，美丽的时光"。梳完头，对着镜子仔细看，不仅眼角的鱼尾纹似乎没有了，而且双眼也像涨满了春水一般，亮晶晶、水灵灵的。看着看着，她又鬼使神差地往脸上抹了一些擦脸油，然后才心满意足地走出小屋。

这时，三个妹妹都已吃完饭走了，只有爸爸喜眉笑眼地边喝着小烧白酒边听着收音机里的二人转《十八里相送》，只听女的唱道：

庙堂里菩萨瞅咱笑开颜，
来来来咱俩快把天地拜。
拜完了花堂之后咱们回喜宅，
我与你过上三年并二载，
定给你生上一男一女两个小乖乖。

本来林永妍是最讨厌二人转的，可是，此刻听了，心里头倒挺愉快。

要是在往常，林永妍绝不会撂下碗筷就走的，她一定要帮母亲拾掇完桌子，把家具、彩电、洗衣机等擦得干干净净，并亲自到鸡舍把近百只"牡丹红"放出来，拌好混合饲料，拣满两大筐鸡蛋……可今天实在是来不及了，离上班时间只差7分钟了，如果快走还赶趟儿。她把坤车蹬得飞快，可心里就像吃了蜂蜜似的甜得发腻！看天，天是那样湛蓝；见人，人是那样可亲。好像一切都不同于昨天了，什么都是新鲜无比、充满生机，令人欣慰。刚进食品厂大门，叶曼华就一把抓住了她，笑道："我知道你每天都来得早，今天怎么才来？"

"才来也不晚，离7点钟还差1分多钟呢。"林永妍说着把"百浪多"手表举到叶曼华的眼前，脸上挂着掩饰不住的喜悦。

叶曼华深知林永妍的性格，一本正经地说："得了得了，我跟你说重要的事儿。我问你，我给你介绍一个好吗？"

"不……不用。"林永妍摇了摇头。

"那你有主了？"叶曼华有刨根问底儿的老习惯，虽然心中已经明白了七八分，但还是不住地催促道："快说呀，你怎么不说话呢？嗨！"

林永妍的瓜子脸红得就像一朵石榴花。还用再问吗？叶曼华全明白了，她冲林永妍挤眉弄眼地说："那我就等着吃喜糖了。"林永妍欲言又止，点头作答。

四

一晃 10 天过去了。

中午下班后,林永妍因为值日拿钥匙最后一个离开糕点车间,刚到大门口,就被门卫李大爷叫住了。

"什么事儿?"

"有你一封信,是九点钟送来的。"李大爷举着信走出门房,笑容可掬地解释道,"我怕她们又要逗你,所以才没有送到车间去。"

林永妍接过信,心里十分感激,几乎是用颤抖的声音一字一顿地说:"谢谢您!"

出门不远,林永妍就急切地把信打开了。她贪婪地读着成新的来信,仿佛沉浸到了幸福的海洋……

暮 冬

一

山场上，油锯伐木声、集材拖拉机轰鸣声和装车号子声响成一片。孙小子接连放倒几棵柞树、桦树，他挺起腰，喘着粗气，来不及抹去脑门上的汗珠，目光早已落在女油锯手刘英身上。刘英此时正背对着他在擦汗，他可以放心大胆地多看几眼。

刘英的右腿挪动了一下，好像要回头，孙小子忙把目光向山下移去。山下实在没啥看头，除了楞垛，就是运材汽车，再就是影影绰绰的人，男的、女的都分不清。待他回过头来，刘英已蹲到另一棵树下。百米开外，赵奇的油锯声似奔雷，一棵棵大树仿佛被割的玉米秸秆般纷纷倒下。他忽然产生一个联想：刘英刚才没准是一边擦着汗，一边瞧着赵奇……

此时此刻，赵奇的心已经麻木，尽管衣服兜里揣着刘英写给他的情书，但他却毫无所动。他在全神贯注地伐木。刘英暗恋赵奇有好长时间了，如今才开始主动进攻，虽然没有什么战果，但她并不气馁，仍在苦苦地追求。她敬佩赵奇不仅是采伐能手，而且是业余诗人。唯一的缺点，就是他整天不说一句话，所以刘英曾当众嗔道:"你真是个老蔫儿!"

三台油锯都运转到了最大的功率,"顺山倒"的喊山声在山林里回荡着。不知不觉,太阳落到树梢上,淡黄色的余晖映照着山头,锅盔山麓已是暮色苍茫。抖动了一天的树叶,终于疲倦地睡了。

二

工人们成群结队地回到各自的大棚,见桌子上有肉,还有酒,个个喜眉笑眼。有人提议"喝他个天昏地暗",大家无不叫好,喊声震得大棚直颤。

赵奇怕影响人们的情绪,破例喝了二两酒,也没有吃饭,就蒙头躺下了。

孙小子翻来覆去睡不着,刘英的身影老在他眼前晃动。邻铺的大孟问:"你咋了?"

"睡不着呗。"他在黑暗中嗫嚅道。

"我有办法,"大孟是运材车司机出身,过的桥比孙小子走的路还多,"听我给你讲个故事,保证叫你一觉到天亮。"

大孟开始侃了——

"这可是一个真实的故事。我的朋友和他媳妇回南方老家探亲,因为是去乡下,坐完了汽车还要走一段旱路。有一对夫妇走在前面，是当地人，像是去赶集的样子。女的背个大背篓，装得满满的，足有百十斤重，累得上气不接下气；男的两手空空，跟在后面。我的朋友和媳妇越看越生气，真想揍那个男的一顿。还是女人心肠软，我朋友的媳妇走上前去质问道：'你也太不像话了，你还像个男人吗？'那个男的却说：'她愿意。'还未等我朋友的媳妇和那个女的对质，那个女的接话道：'我就是愿意，你难道希望你的男人累得晚间上不去马吗？'"

故事讲完了，孙小子却没有任何反应。大孟不死心，说："这个故事色太淡了，我再讲个带色的，咋样？"

孙小子眼皮直打架，咕噜道："算了，十个司机九个臊，剩下一个大酒包。"

没有人笑。

三

天还没亮，孙小子就被一脬尿憋醒了。解完手，他轻轻把门带上，蹑手蹑脚地摸回炕上。朦胧中，他发现赵奇的铺位竟是空的，过去一摸，真的没人……

孙小子猛地想起大孟曾经说过的话，顿时头皮有些发麻，叫道："孟哥儿，不好了，老蔫儿不见了！"

暮 冬

大孟如同听到了消防警报,他腾地坐起:"快点灯,把灯点着。"

果然,赵奇不见了,行李却叠得好好的。

"怕是真要出事儿了,我早就说过,他早晚要出事儿。怎么样?我早就说过。"大孟忙着穿衣服,嘴也不闲着。

"不会吧!"

"你懂个屁,那叫失恋!"

"失恋咋了?"

"那叫……走火入魔?"

"啥叫走火入魔!"

"真粘牙,都啥时候了,还瞎叽叽?!"

吵嚷声把大家都惊醒了。

还是大孟比较沉着,他叫人到大棚外面查看一番,说:"咱们先看看他的铺盖,然后一起去找。"

被褥都翻遍了,连赵奇挂在墙上的衣服兜也翻了,啥也没有搜到。突然,孙小子眼睛一亮,大声叫道:"你们快看,那是啥?"大孟手最快,一把抽出塞在翻过来的枕头里的日记本,他刷刷刷翻到最后一页带字的,映入人们眼帘的是一首名字叫《思念》的诗,署名"大可"。

城里城外

弯弯曲曲是我的思念

漫漫长长是我的思念

纵纵横横是我的思念

旋旋转转是我的思念

太多太久的思念

做了自缚的茧

割据天空割据阳光

四壁垒砌的也是一个圆

蜗居隔绝了绿地

紧张里拥挤着缠绵

谁都说这是来生了

三种颜色三个世纪的转换

可蛰伏的心却长出了思念的翅膀

蜕变的生命仍会沿着眷恋

飞回到你的身边

孙小子猜道:"这保准儿是赵奇写的诗,'大可'不就是奇字吗?"

"我看它像遗书。"大孟说。

暮 冬

四

"赵奇……"

"老蔫儿……"

大家呼喊着、寻找着，只听声音在山谷回响，却不见赵奇的踪影。刘英比谁都着急，心里更是乱糟糟的，她脚下一滑，重重地跌了一跤。孙小子趁机抓住刘英的手。她使劲儿把手抽出，自己爬了起来，用力呼喊着赵奇的名字。刘英突然站住了，侧耳听了一下，她惊呼道："我好像听见有油锯声，就在山场那边，听！"大家站住了，山场那边隐隐约约传来油锯声。"快快，去山场。"刘英带头朝山场方向奔去。来到山场，他们怔住了，只见赵奇正在挥动油锯切割横在地上的大树的枝丫。他没戴帽子，头上冒着热气，满脸通红，两眼盯着油锯，锯末子像雪花般飞舞着，落在他的头上、身上，好一个伐木工形象！

五

明明还是冬天，却瞪眼不见雪，也没有多少寒意。这种天气对采伐、集材和运输都极为不利。林业局工会为给一线职工加油鼓劲，专门组成了一个巡回慰问团，送菜、送饺子、送电影，外加送文艺节目。上午九点,慰问团来到青峰林场,也没休息,就连忙赶赴山场,趁工人们小憩的时候进行演出。主持人报幕:"接下来,由我局青年女歌手陈红为大家演唱。她演唱的第一支歌是电视剧《编辑部的故事》的主题曲——《投入地爱一次》。"

掌声骤起,真诚而热烈。陈红脱去草绿色军大衣,面带微笑,款款地踱步到大家当中。她中等身材,身着一件宽松的棒线红毛衣,下身是黑色高弹裤,秀发梳成马尾辫,并在根部用白手绢系个大大的蝴蝶结,浑身上下透着青春的风采。她的歌声更是悦耳动听,抑扬顿挫之中充满深情。她连唱四五首,仍然掌声不止。

晚上,慰问团放映了露天电影。散场后,大家像往常一样,在大棚里七嘴八舌地议论起来……

"吵吵啥?这个电影故事太一般,情节也一般,但那个女主角演得还可以,脸蛋也漂亮。"

"严格地说,不如陈红。"

"陈红唱歌挺好,长得不算漂亮。主要是她会打扮,有点风度。谁要硬说她漂亮,谁就是看上她了。"

一直在墙角闷头抽着黄烟的大孟突然笑了:"我不喜欢脸蛋,我喜欢屁股。女人屁股大,啥家伙都不怕……"他说话离不开女人,女人是他说不完、扯不枯的话题。

孙小子知道,大孟再说就要下道了,马上接道:"大哥,咱们今天的辩论到此结束。"赵奇心中一热,欲言又止,他实在不愿再听下去。没想到,大孟竟把话头转向他来:"我说老蔫儿,别总不吭声,什么事儿都应该想开些。你的事儿我们都知道了,失恋不可怕,你不能消沉。过去你可不是这个样子。"

"扯你妈淡!谁说我失恋了?我怎么消沉了?你说我过去是什么样子?"赵奇忍无可忍,一连串的反问充满了火药味儿,气氛骤然紧张起来,一场战争就要爆发!

孙小子忙道:"消消火,大哥没有恶意,真的。"

"用不着你溜缝儿,我知道。"

"那么说……你没有失过恋?"

"没有。"

"也没……处过对象?"

"处过。"

"后来呢?"

"后来她死了!"

大家的心一下子都提到了嗓子眼儿,因为谁也没有料到赵奇曾有如此经历。

沉默，好一阵沉默。

"是我把她害死的。她只有初中文化，却很聪明，长相也好，很会体贴人，而且她深深地爱着我。所以……所以，她……"赵奇自言自语般说。

孙小子安慰道："还是忘了吧，人死不能复生。"

"我何尝不想忘？我是忘不了呀！"赵奇哽咽道，两眼发直。他说的是心里话，恐怕今生今世也难以忘怀。在一个偶然的机会，他结识了姑娘杨桂贞，他们相处了整整三年。那天晚上，酒精使他失去了理智，他疯狂地扒光了桂贞的全部上衣。桂贞挣脱不过他，哭了，但没有声。不知为什么，他又给桂贞穿上了。桂贞望了他半天，一头扎进他的怀里，哭道："我是你的，我只是……你的！"他紧紧地搂住桂贞："你是我的，永远是我的！"然而，仅一个月后，桂贞竟因被歹徒强暴自缢了。从此，赵奇彻底戒了酒（他不会吸烟），人也变得沉默了。再后来，他办理了工作调转手续，只身来到青峰林场。

赵奇环顾一下大家，说："我感谢你们，但我不能原谅我自己，这是报应。我不配人爱，我从心里往外苦，我要在山林中干一辈子！你们不要劝我了，个人的事儿再大也是小……"

大棚外面，夜风吹打着门窗，发出"哗啦哗啦"的声响，但风

暮 冬

儿已经开始变暖了,乌斯浑河在慢慢消融。锅盔山上,达子香花正在悄悄地怒放!

春天的脚步近了……

隐　私

　　刘文的身世是个谜。

　　小时候，他就朦朦胧胧知道了，是听邻居老孙婆子和老关婆子说的。

　　那天下晌，刘文正坐在自家大门口的一块石板上玩摔泥娃娃，有意无意间，耍耳音断断续续听她俩闲扯着什么……

　　"你看，小文长得像谁？"

　　"像他妈呗。"

　　"没听说呀？他是捡的。"

　　"噢，在哪捡的？"

　　五岁的刘文已经明白了一些事理，心里说不出是啥滋味。晚上，刘文老鼓着眼睛在妈妈的脸上寻找答案，一直看到她觉得孩子有些异常，问道："你咋了，总瞅我？"

　　"孙大娘说我是捡的……"

　　"放屁！"妈妈的声音立时提高八度，脸气得煞白，"净扯老婆舌，她们的嘴都是竖着长的。"

　　长大后，刘文才知道妈妈没念过书，连自己的名字也不会写，

· 064 ·

隐　私

却颇有口才，说话特别生动。她曾说过："道死道埋，路死路埋；死在荒郊野外，狗肚子是棺材。"她还说过："活人想死人，好比傻狗撵飞禽。"刘文后来学写小说，妈妈应是他的第一位老师。

转眼上小学了。

刘文的学习在班里打头，作文常常受到老师表扬。刚念三年级，他就在省里的《红小兵》杂志上发表了一首名叫《心愿》的儿歌——

> 弟弟自称有个宝
>
> 全家谁都没见着
>
> 就连妈妈也奇怪
>
> 为啥他会这么乖
>
> 夜里抠开小拳头
>
> 闪闪帽徽手中留
>
> 霎时耳畔传童音
>
> 长大我当解放军

刘文好高兴，眼前亮亮的。上学的路上，别看他挂着单拐，走路一点儿也不比别人慢。这时，前面有个翘鼻子的小同学转过身来，大声喊道："瘸子，拐子，下一窝兔崽子。"刘文眼前一黑，差点儿跌倒,待他循声望去时,"翘鼻子"早已跑没影了。

一连多少天,刘文都打不起精神,老师的话就像耳旁风,左耳听,右耳冒。妈妈问他话,他总是摇头,啥也不说,变了一个人儿似的。

后来,生怕个别同学再搞恶作剧,刘文便提前到校,放学后最后一个回家。眼看就要到家门口了,"翘鼻子"又出现了,他顽皮地冲刘文笑笑,又喊起了顺口溜:"从前有个瘸子,手里端个碟子;碟子里装个茄子,地上钉个橛子;绊倒了瘸子,打了碟子,撒了茄子,气得瘸子拔了橛子。"

仿佛天塌了、地陷了,刘文的眼里喷出了岩浆。他要报仇雪恨!仅一袋烟的工夫,刘文竟在自家房山头过道旁寻到了"仇人"。他二话没说,举起拐杖照"翘鼻子"就是一家伙儿,只听"妈呀"一声,"翘鼻子"应声倒下。

"翘鼻子"再也不敢惹刘文了,他妈却感到有些委屈,在刘文家大门口骂了半天:"瘸子狠,瞎子愣,想打死人不偿命呀!不知在哪疙瘩捡了个野种……

心灵的创伤,使刘文更觉得矮人一头。除了在课堂上回答老师的提问外,刘文成天不说一句话。看课外书成了他唯一的嗜好。舅舅为他买的儿童版《水浒传》,他不知看了多少遍。

隐 私

一晃儿，到了1979年，刘文二十了，个子追上了大人，嘴周围也拱出了绒毛般细细的胡须。妈妈并不怎么过问刘文的学习，老叹气，担心儿子将来娶不上媳妇。其实，她是怕自己说不上哪天一口气上不来，这个家可就难看喽。老头儿一辈子吃粮不管穿，就会摆弄个方向盘，他能给儿子张罗好婚事吗？

不爱说话的刘文心里有数。眼瞅着就要高中毕业了，虽然他经过治疗扔掉了单拐，考大学还是渺茫。所以，他常常手里拿着一本书，躲到学校的围墙外，胡思乱想，暗暗流泪。

身后传来轻轻的脚步声。回头一看，原来是同班女同学苗文静。她也拿着一本书，笑着向刘文走来，边走边问："背题哪？"

刘文"嗯"了一声。

"你真逗，"苗文静眼睛一亮，"我看你一点儿也不像在背题。"她的声音很好听，甜甜的，柔柔的。

"那你来干啥？"刘文随口问道。

"找你呗。"苗文静脸红了，连忙遮掩，"都在班里复习呢，班长叫你。"

刘文微微一笑，有点像哭。

他们并肩伫立着。

也不知过了多长时间，苗文静拽了一下刘文的衣袖，低下头，盯着自己的鞋尖,一字一板地说:"我的基础太差了,复习也没有用。不过,你可得试一试,按说咱们班你最有希望了,真的。"说着,她竟把头靠在刘文的肩上。刘文心里一惊,浑身都燥热起来。

高考前,刘文好几次梦见了和苗文静在一起的情景。他兴冲冲地参加了高考,并且考取了高分,但因体检不合格,还是被大学拒之门外了。无奈,他的父母费了不少周折,林业局终于同意让刘文接了父亲的班,以工代干写材料。

刘文憋了一肚子话,渴望马上见到苗文静,想得都要发疯了。

苗文静的身影老在他眼前晃动。

"丁零零——"办公桌上的电话铃声骤然响起。刘文忙抓起话筒,里面传来一位女人带有磁力的声音。她自称是苗文静的姐姐,说有急事要见他,并告诉了他详细住址。

刘文早早就离开了单位,骑着自行车飞快地向苗文静的姐姐家驶去。

叩门。进屋。落座。

"我姓梅,是文静的表姐,你就叫我梅姐好了。"主人一边沏茶,一边对刘文说。

刘文"哦"了一声,礼貌地点了点头。

梅姐是林业医院的一名中年大夫,她面容清秀、体态丰盈,言

隐　私

谈举止间无不流露出成熟女性的大度和矜持。

此时此刻，梅姐正在动情地向刘文讲述着不久前发生的一切：苗文静早就看上了刘文，愿和他结成百年之好。可是，苗文静的父母听说刘文是残疾人后，死活不同意。苗文静灵机一动，谎说和刘文"有了"，父亲一气之下打了她。苗文静怎么也想不通，给父母留下一封信，便不知了去向。

"她走前，到你这儿来了吗？"刘文心碎了。

"来了，文静还和我说了一些你的情况。"梅姐说罢站起，走到刘文跟前，轻轻地为他抹去眼泪，接着道，"文静让我尽可能关照一下你，说你爱好文学写作，一定会成功的。"

"她还说什么了？"

梅姐说不下去了，泪水夺眶而出："就这些。"

刘文顿觉天旋地转，失声痛哭起来。恍惚中，他觉得苗文静并没有走，就在自己的身边。梅姐的体香使他感到温馨和慰藉，他情不自禁地扑在梅姐的怀里，就像孩子扑进母亲的怀抱。

梅姐一愣，随即用手搂住刘文的头，轻抚着，默默地站在那里。若不是墙上的挂钟报时声惊扰了他们，谁也不知道天已黑了。他们在昏暗的客厅里道别，刘文的耳朵热乎乎的，幸亏梅姐没有开灯，他分明觉得自己的脸上满是泪痕，样子肯定很凄惨。

在门口握手时,梅姐有些歉意地对刘文说:"下次来,我请你吃饭。再见。"

回家的路上,刘文的心情好多了,不知不觉就到了家。次日晚上,刘文下班后没有回家,骑着自行车东走西逛,竟在大街上遇见了梅姐。刘文便又和梅姐说了许多心里话。然后,他又坐进了梅姐家的客厅。

梅姐很热情,把客厅里所有的灯都打开了,还给刘文削了一个苹果,找来一些杂志,说:"你先坐着,我马上整几个菜,上回素待了。"

很快,梅姐就把酒菜端了上来。

"我不会喝酒。"刘文实话实说。

"少喝点儿,没关系。"梅姐一笑,整齐的牙齿白得耀眼,"我也陪你喝一点儿。"

刘文忽然觉得这家里少点什么,脱口问道:"姐夫呢?"

"……没有姐夫,只有梅姐。"她说着微皱一下眉头,举起酒杯,喝了一大口。

刘文也喝了一大口,差点呛着。

他们都有一种似曾相识的感觉,话就多了起来,酒也喝得舒畅。一开始,刘文还小口地抿,后来两人便频频地干杯,梅姐也喝了不少,满脸通红。刘文鼻子一酸,眼泪就在眼圈儿里了。

"我不想活了！"刘文又干了一杯。

"你不活了，谁陪我喝酒呀？"梅姐抢过酒瓶，笑道，"你还年轻，今后的路长着呢。"

刘文定定地瞅着梅姐，结结巴巴地说："那我……再喝……一杯，就……不喝了。"

梅姐迟疑了一下，又给刘文倒了半杯。

喝了这半杯酒，刘文就觉得脑袋老大，忽忽悠悠；梅姐有些晃动了，他要去扶，却一点力气也没有，后来竟趴在桌上睡着了。

第二天到单位后，刘文还觉得有些头痛。昨晚的一切就像做梦似的，使他既感到甜蜜，又感到不好意思。他似乎还看到了两个欢蹦乱跳的大白梨似的乳房，似乎还管梅姐叫了一声"妈"，都是一些支离破碎的记忆。

这些往事，后来都被刘文移植到了小说中的人物身上，刘文也因小说创作优秀调进了城里。妈妈在临终之前拉着他的手，用微弱得几乎听不清的声音说："你不是捡来的。舅舅治不起你的病……他是你亲爸，我只是……你的……姑姑。"

刘文早已泣不成声，哭道："妈妈，你就是我的亲妈！"

快　感

　　一健是刘文的笔名，写小说时常用。时间一长，文友们反而把他的真名忘了，都管他叫"一健"。他也总是笑呵呵地应着。

　　因为跛足，地就不平了。无论刘文怎么注意，肩膀老是一高一低，走路晃晃悠悠。说话间，他已从森工企业晃进县文联。那天，文友李长君到县里办事儿碰巧遇见了刘文，李长君眼睛一亮，大声嚷道："喂，一健！瘸条腿还这么能蹦跶，不瘸腿我看你就要上天了。"

　　文联在县委大楼后面的小平房内办公，总共三个人。虽然在文联收入不高，但旱涝保收，而且每天在县委大院里进进出出，还经常和县里领导打照面，至少算个不错的单位。

　　县里每年都要召开一次新闻报道和文学创作表彰大会。在多数县领导眼里，新闻报道永远比文学创作重要。按照惯例，中午得撮一顿，"自古文人诗酒花"嘛。一共摆了四桌，酒菜也算丰盛。县委常委、宣传部部长刘利民和部里的几位领导挨桌为大家敬酒，说一些鼓励的话。大家心里热乎乎的。刘文也有些激动了，刚刚和文友们碰完杯，又端起酒杯来到领导桌前，笑道："感谢各位领导，

快 感

我代表我们桌敬各位领导一杯。"

"好，你先坐下，歇歇再喝。"刘部长盯着刘文的脸，关切地问："怎么样，去年又是丰收年吧？你在《牡丹江日报》和省报发表的几篇小说我都看了，在刊物上也有吧？"

"《青年文学家》上发了一篇。"

"噢，今年有什么打算？"

"……"

刘部长见刘文没有吱声，压低声音说："有什么困难吗？"

"我们单位半年没开工资了……"

"要不，"刘部长沉吟片刻，"我帮你动一动吧。"

就像饮了一大碗烈酒，顿时，刘文浑身滚热，心跳加速，眼睛有些湿润了。

刘部长举起酒杯和刘文碰了一下，朝身边的文联主席顾大辉大声地说："一健是个人才。再说了，关心残疾人也是我们的共同责任。"

晚上，刘文翻来覆去睡不着觉。妻子以为他又要过生活，嗔道："真没出息！"

见刘文没动，妻子感到有些异常，忙问："你咋了？"说罢，她用手摸摸他的脑门儿。

妻子比刘文大三岁，待小丈夫如同待自己的孩子。女儿写作业时摆弄歌星照片，刘文说她，她竟歪着脑袋狡辩。正在厨房忙碌的妻子却进屋数落起刘文来："你都多大了，怎么还和孩子打仗？"刘文哭笑不得，只好作罢。

不过，妻子也有让他服气的时候：那天他在办公室里写材料，打字员乔艳丽进来说要查一张报纸。小乔是公认的靓女，刘文情不自禁地赞美了她几句。关键时刻，妻子推门而入，三个人都僵住了。中午回到家里，刘文主动解释起此事，还没等他说完，妻子便接道："女人哪有不贱的，你以后注意一些就是了。"

一想起当时的情景，他就觉得妻子说的是反话。大媳妇毕竟是大媳妇。

"说话呀，是不是有枪没子弹了？"妻子莺声软语的同时，顺势把刘文搂进怀里。

刘文向上抬了抬头，有些不高兴了："我不是跟你说今天到县里开会吗？刘部长说要调我到文联，你扯哪儿去了？"

"逗你呗。"妻子莞尔一笑说，"现在办事儿都得花钱，咱家还有两千。"

"刘部长是常委，他不能收咱们的钱。"

"他不收，别人呢？"

快 感

一夜无话。

在刘部长的过问下，刘文的工作调动刚开始办得比较顺利。不知何故，中途竟"搁浅"了。妻子急得嘴上起了泡，把两千块钱塞给刘文，嘱咐道："该送了。舍不出孩子套不住狼，没了再挣。"

刘文先给顾主席打了电话，然后驱车赶到县文联。顾主席的门上贴着留言条，说一小时内回来。刘文只好到办公室等他。

王家骥是文联秘书长，年轻时写诗，如今写小说和报告文学，在省里也有一些名气。他重点负责创作辅导，偶尔主编一期内部小报《杏木文艺》，编发过刘文的小说，和刘文很熟了。

"王老师，忙呢？"

"不忙，不忙，快请坐。"王家骥放下手中的《北方文学》，起身给刘文倒了一杯水。

"谢谢王老师！"刘文双手接过茶杯。

"你是找顾主席吧？实在不行，就送点儿。"王家骥坐回桌前，继续说道，"老顾在交通局、税务局当过局长，后来因为涉嫌贪污才被贬到文联的。以前文联主席都是由宣传部的一位副部长兼任，基本不管事儿，具体工作都是我抓。小黄调到部里去了，那小子特别会溜须，狗屁不是。我这儿正好缺你这样的人，你就到我这儿来吧。"

"我行吗？"

"行。"

过了一会儿，王家骥忽然像想起什么似的，对刘文说："哎，一健，刘部长调市纪检委当副书记去了，你不知道吧？"

刘文心里"咯噔"一下，摇了摇头。

正说着，顾主席回来了。

顾主席也很热情，颇有领导风度。他把刘文让到自己办公室里的沙发上坐下，说："你的情况我都知道了，不错。我不太懂文学。既然组织上安排我干，我就努力为你们服务好。"

"我写得不好。"刘文谦虚道。

"你还年轻，来日方长嘛。星期一你就办手续吧。"顾主席接着道，"刘部长非常关心你，有机会到市里去看看他，告诉他我都安排好了。"

"谢谢顾主席！"刘文和顾主席握手道别时，趁机把装有两千元的信封塞进他的手中。顾主席不经意地捏了一下信封，厉声道："小刘，快拿回去！我怎么能收你的钱呢？我们就是为大家服务的。"说罢，顾主席又把信封塞进刘文兜里，并拍了拍他的肩膀。

刘文满脸通红地离开了县文联。

大街上真是凉爽，刘文使劲儿地呼吸了几口新鲜空气，顿觉惬意极了。

不知不觉来到新华书店，刘文买了一本《刘绍棠中篇小说选》，就要奔汽车站去，他觉得有许多话要向妻子说。

"一健。"原来是王家骥在喊他。

"王老师，下班了？"

"走走走，我请你喝酒。"王家骥生拉硬扯，把刘文拽到一家小吃部。

拼盘、炝花生、尖椒炒干豆腐三个菜，两口杯小烧。虽然简单，却喝得痛快。

"再来两瓶啤酒，溜溜缝儿。"

王家骥用餐巾纸擦了擦脑门儿上沁出的汗珠，说："今天我请客，咱们手把瓶。待会儿上两盘饺子。来，干一杯。"

二人同时一饮而尽。

"王老师，"刘文起身给王家骥斟满了啤酒，"还是我请吧，顾主席说星期一办手续。"

"这回太阳从西边出来了，知道为什么吗？刚才我听说他又出事儿了，把财政拨的用于改造'创作之家'的专款借给他的情妇临时做买卖，县里正在查呢。据说有人保他，但愿能保住。"

刘文猛然想起顾主席让他去市里向刘书记汇报的事儿，心里沉沉的，他有些不知所措。

王家骥似乎看出了刘文有心事，问道："有什么事儿跟我说，我毕竟见得多一些，可以帮你参谋参谋。"

"他没有收我的钱。"

"那他一定说什么了吧？比如……"

"他让我去市里告诉刘书记，他都给我安排好了。"刘文吞吞吐吐地说。

王家骥皱了一下眉头，笑道："你应该马上去，你说昨天又找顾主席了，他让你专门去市里汇报此事，别的啥也不用说。记住：今后把精力都用在创作上，只有写出好作品才会有本钱。"

刘文有些糊涂了，愣在那里。

调进县文联后，刘文仿佛浑身上下有使不完的劲儿。白天上班，晚上写作，一点儿也不觉得累。

妻子半夜总会醒来，悄悄走到刘文的身旁，把他的头搂进怀里，半是心疼、半是爱怜地说："可别累坏了！你要是累坏了，我们娘儿俩可咋办呀？"每当这时，刘文就觉得有一种快感袭来，恍如腾云驾雾，那种感觉真是好极了。

仿佛神助，刘文的小说越写越出彩，中短篇小说接连在省市级报刊上亮相，不到两年光景就成了这个县城文学界的领军人之一。

省城著名青年作家刘国民曾当着县委书记关照民的面夸道:"我看刘文就是咱们杏木县的茅盾!"可刘文却谦虚地说:"我还是我,但我肯定是最幸福的人……"

扯　淡

酒过三巡，菜过五味，餐厅里渐渐热闹起来了。只有刘文端坐在那里，一言不发。

"这年头，没有办不成的事儿，也没有好办的事儿。"

"是呀，'世路艰难钱作马'嘛。"

"有些当官儿的，越来越不像话了。"

"简直腐败透顶！"

同学聚会，大家畅所欲言。

市委秘书王君是这次活动的发起人，刚才邻桌的两位老同学的对话，他都听见了。职业的敏感使他立马站了起来，因为他意识到必须马上转移话题，而现在正是转移话题的最好时机。

"请大家静一静，我再说两句——只说两句。"王秘书环顾一下餐厅，清清嗓子，笑道："各位老同学，眨眼间，我们高中毕业整整10年了。很多同学多年不见，一定要多叙叙旧。重温一下旧情也是可以的。你们说是不是呀？"说完，他向李强和刘丽娜意味深长地瞄了一眼。

整个餐厅顿时沸腾了，大家七嘴八舌，吵吵闹闹，根本听不出

扯 淡

个所以然来。

王秘书心里有些得意,脸上不觉堆满了笑纹。其实,他是没话找话,聚会致辞时,这些话都说过了。他担心同学们借着酒劲儿胡说八道,万一失控,影响不好。

果然,大家把话题都转到了工作和孩子身上,或者讲起了笑话。

此时此刻,刘文深深地理解了王秘书的良苦用心。

刘文端起酒杯,转过身,一语双关地说:"王兄,真不愧为市领导的大秘呀,真是善于把握方向啊。佩服,佩服。"

"哪里,哪里,还是刘兄了不起呀,小说连连获奖,名声在外。我们高中同学当中,只出了你这么一个作家。来,干一杯。"王秘书说罢举起酒杯,和刘文碰了一下,一饮而尽。

几杯酒下肚,话就多了起来。

"我可称不上作家,仅仅是个小编辑。如果光靠稿费生活,非得饿死。还是你大秘潇洒呀,天天接触市领导,说不定哪天就高升了。"刘文也当过秘书,会忽悠,夸起人来滴水不漏,又实在又好听。

王秘书连连摆手,接道:"要说潇洒,我看还是市文联。春节晚会小品都说:'文联工作很轻闲,动动笔杆就挣钱。'我们可倒好，成天忙得要命，已被划入'四大窝囊'行列。"

"啥叫'四大窝囊'？"有人问。

刘文忽然来了情绪，主动担任起解说员："蹲小号，戴绿帽，挖菜窖，写材料。难道还不窝囊吗？"

喝彩声、掌声骤起，其他桌的同学都把目光投了过来……

这次同学聚会太难忘了。

每每想起大家的笑声，刘文就激动不已，跃跃欲试，好像又回到了林区。

大森林里，有他许多美好的记忆。

他的长篇小说《森林、女人和酒》在省里获了大奖，接着他又发表了几篇中短篇小说，在读者中产生了一定的影响。跟做梦似的，刘文被调进市文联，当上了编辑。文联比林业局好，同事间互相叫老师，不说脏话，领导和善，还爱开玩笑。这里都是文人。

"少说话，多干活，谁也不会把你当哑巴卖了。"告别时，林业局局长关伯涛最后一次嘱咐道。

刘文给关局长当过秘书。

那天，刘文去市里的大专院校组稿回来，刚落座，市文联主席隋友华便板着面孔说："你和那个女大学生在明月路上没少唠哇。"

"我……我没……"刘文满脸通红，分辩道。

扯　淡

"那脸红什么？"隋主席笑了。

刘文一愣，知道领导是在逗他，也笑了。老关从来没有和他开过这样的玩笑。

时间一长，刘文便习惯了。不过，大家开玩笑时，他还是很少搭茬儿的。

在单位不爱开玩笑的刘文，不知为什么，却爱在外头讲笑话。喝酒时，他常把听来的笑话讲给他人听，博得阵阵笑声。特别是上次同学聚会后，他的作品频频获奖。激动之余，他郑重地向市文联党组递交了入党申请书。

刘文朋友多，喝酒的机会就多。这不，他又参加酒局去了。

本来，他不想去，老喝酒，脑子里就像灌满了糨糊，还怎么写小说呀？可他听说今天赴宴的都是场面人时，心就动了，就算去"体验生活"吧。

今天的聚会档次不低呀，满满一大桌子海鲜，酒香四溢。

董明森也是一名文学爱好者，刘文没少帮他。董明森几次要请刘文喝酒，均被刘文婉拒。胡老板跟董明森是"老铁"，今天要宴请各路朋友，就把刘文也请来了。

"来来来，既然大家都认识了，就是朋友，先干一杯。"胡老板首先提议。

大家纷纷响应。

"吃口菜，不算赖。"胡老板又举起酒杯，"咱们再干一杯，加深印象。"

三杯过后，都是老朋友了。互相敬酒，连连干杯，气氛比上次同学聚会还热烈。

胡老板似乎比别人喝得多，直冒虚汗，两眼发直，但依然很清醒。大家都没少喝，喝完了白酒，又开始喝啤酒。

董明森实在喝不动了，晃晃悠悠站起来，结结巴巴地说："大家歇一会儿……再喝，行不？刘老师最会讲故事了，我们……请他讲一个。"

"那我就讲一个。"刘文头有点痛，但心里明白。

"好！"胡老板带头高呼，"听完故事，我请哥们儿洗桑拿，一票到底。"

刘文讲故事的水平确实长进了，刚讲个开头，大家就笑声不止。没办法，盛情难却，他只好连讲了三个。

也许是白酒和啤酒掺和着喝的缘故，刘文头痛得更厉害了。他再三致谢，提前告辞了。

五一劳动节放长假，刘文在家里闷头写了一个礼拜小说，自我感觉良好。

扯　淡

上班后，市文联主席隋友华找刘文谈话。隋主席说："你在单位表现不错，编稿、写作都很认真。可是……据说你找过'小姐'，我们都不相信这是真的。本来，这回发展新党员有你一个……"

"我冤枉呀，我只是瞎说过，那不是喝酒时扯淡吗？"刘文又急又气，眼睛湿润了。

隋主席走到刘文眼前，轻轻地拍了拍他的肩头，欲言又止。

刘文沉默了。

他也真是够倒霉的，入党成为泡影不说，妻子还对他不依不饶，说什么"手不沾红，红怎么会染手"。

刘文已经深刻感受到了祸从口出的厉害，只好把蹿到嗓子眼儿的话又咽回肚里。他知道妻子说的是气话，但心里还是堵得慌：妻子是个家庭妇女，偶尔做点小买卖，从不过问市文联的事儿，这个消息是谁告诉她的呢？想来想去，刘文只能相信扯淡也是要付出代价的。

妻子越说越生气，竟伤心得哭了起来。

"你给我滚！这个家不需要你，三条腿儿的蛤蟆没见过，两条腿儿的人有的是。"妻子连骂带吵，竟把家门打开了。

刘文怎么也没有想到，妻子今天会发这么大的脾气，不是操劳过度心理失衡，就是更年期提前了。想到这儿，他微微一笑："那我走了,晚上见。"

来到大街上,到处都是灯的海洋。刘文这才意识到,现在已经是晚上了,可他又不能马上回家,只好漫无目的地在街上闲遛。这时,迎面驶来一辆黑色奥迪轿车,一个急刹车后在刘文身边停下。"刘老师,请上车。"司机说罢摘下墨镜。刘文见是胡老板,笑道:"哟,是你呀。我散散步,一会儿就回家。你走吧,谢谢你。"胡老板回身打开后车门,说:"快上车吧。"

坐进车里,胡老板一边开车,一边对刘文说:"你太见外了,一回生两回熟嘛。作家写小说,就要了解生活,不然,就不真实,不真实就没有看头儿。我这可是班门弄斧了,让你见笑了。要说搞工程盖大楼什么的,我可就比你懂了。我这个人,有一说一,有二说二。"

刘文不停地点着头,一连说了好几个"是"。

不知不觉,奥迪车开到了一家豪华洗浴中心门前,霓虹灯格外耀眼。

"下车吧,我们上去休息休息。"

"我才洗过,今天就不上去了。"刘文撒起谎来。

"你看你,又见外了不是?"胡老板回过身来,劝道,"上回你就不实在,这回还不给面子,那就太不像话了。怕什么呀?再不下

扯 淡

车，我这就送你回去。"

"那好，我只洗桑拿，让你破费了。"

"行行行，我们只洗桑拿。"

他们说说笑笑进了洗浴中心。

刘文是第一次到这里来，除了觉得这里的洗浴设施比家门口的澡堂子讲究外，没有感到什么本质的不同：药浴、冷浴、淋浴，又蒸、又烤、又搓。洗完澡后，刘文早已像虚脱似的筋疲力尽了。

"走，上去休息一会儿。"胡老板催促道。

休息大厅好宽敞，到处都是高级沙发，好几个大彩电高悬在厅内，吧台上正在出售各种酒水和食品。壁灯亮着幽幽的光线，使墙上油画中的人物更加栩栩如生。

胡老板和刘文穿着和服式浴衣，找了一个角落坐下，喝茶，抽烟，闲聊着。

"怎么样？我给你找个'小姐'吧，这里的'小姐'都靓，歌厅没法比。"

刘文吓了一跳，忙说："大哥，咱们可是说好了，我只洗桑拿，不干别的。"

"要不，你去按摩按摩，我请客？"胡老板说罢就要喊服务生。

"谢谢大哥，我就想在这里坐坐。你要再张罗，我可就走了。"

胡老板笑了："你可真是柳下惠呀。"

这时，走过一位袒胸露背的"小姐"，对胡老板娇滴滴地说："胡哥儿，这位先生是你的朋友吧？"

"是我的朋友。不过，他阳痿……"

"我最会治阳痿了。"她夸张地连声笑，笑得一头黑缎般的秀发遮住了半边脸，说着她挤在刘文身边坐下了。几乎就在同时，她飞快地在刘文的下身抓了一把。

刘文像遭了电击，腾地站了起来，满脸通红地说："你干什么？"

胡老板使了一个眼色，打圆场道："别闹了，小红，快走吧。"

"小红"走后，胡老板对刘文摆摆手，一本正经地说："别跟她们一般见识，她们是什么人，咱们是什么人？咱们仅仅是来洗洗澡，休息休息，什么毛病也没有。"

正说着，大厅里忽然骚动起来。

又过了一会儿，胡老板喊来一名服务生，问道："刚才怎么了？"

"公安检查包房，抓走了几位……"服务生有些吞吞吐吐。

刘文惊出了一身冷汗，心想：要是警察刚才发现他和"小姐"在一起，虽然没有嫖娼，恐怕也说不清了。真是越想越后怕。他暗暗发誓别吃一百个豆不嫌腥，今后要特别注意。

"唉！我是病了。"每每在酒席桌上，刘文都能独领风骚，他也

扯 淡

为此自豪过,甚至认为只有扯淡才是潇洒,才能让人家高看。现在看来,都是扯淡惹的祸。

奥迪轿车停在刘文家楼下,胡老板关切地问:"用不用我送你上楼?"

"不用了,谢谢!"

刘文用钥匙打开防盗门,悄悄脱去衣裤,摸黑钻进被窝,把脸贴在妻子的背上。大约过了五分钟,妻子终于转过身来柔声说:"今后你还扯淡不?"

"不扯了——我只是瞎说过,没有真事儿。"

"我看你也不敢。"

"孩子睡了吗?"

"睡了。"

月亮躲进云层,卧室里一片漆黑。两颗年轻的心,正在剧烈地跳动着、跳动着……

出　名

一

　　我对出名毫无兴趣。

　　眼下，我不仅出了名，还发了财。一个穷山沟里面朝黑土背朝天的农民，不往地里流汗，怎能长出粮食？我爹活着时就对我说过："买卖钱，六十年；庄稼钱，万万年。"怕我不懂，他老人家对我解释过多遍："经商早晚要学坏，钱财动人心嘛。种地只要不惜力，汗流够了，就会多打粮，换来好收成。"我大学毕业回乡务农，在靠山屯种了十多年地，盖了房子养了车，腰包也鼓了，可以露露脸了，到外面显摆显摆。接到老同学孙山杰从市里打来的电话，我揣了一万块钱，就开车来到百老汇大酒店，直接走进一个大雅间。

　　难怪孙山杰在同学中挖苦我说："刘铭呀刘铭，你真是白活了。一出屯子，就辨不清东南西北；一看见自家的烟囱，就来了能耐。"这话说得一点儿也不错，简直就是我的生动写照。你看看，这雅间里的桌子就大得出奇，桌上的色香味俱佳的菜品，有一多半我都没见过，更不要说吃过了。再看看来宾们，真可谓高朋满座，几乎都是什么长、什么老总和老板之类的场面人物，大家有说有笑，气氛

出 名

十分热烈。孙山杰称我为"刘总",叫得我特别不好意思,说话都结巴了。他索性拿我开涮了:"刘总小时候就磕磕巴巴,而且还大舌头。初二时,他就追求女同桌杨树叶,有一次……"当着这么多衣着光鲜的陌生人,加之刚刚干过几杯酒,我顿时热血往上涌,立马打断了他的话头:"你还不如我呢,你拽过女生的裙子,你还……"孙山杰终于招架不住了,有些乱了阵脚,也变得结巴了,忙道:"你……胡说,开什么玩笑。别……听他的……他醉了。"

这时,不知是谁接了一句:"泄底怕老乡,对不对?"

"对!"大家应和着,随即,又爆发出一阵更加放肆的笑声。

那次聚会不知是谁刷的卡。此后,孙山杰又带我见识过几次,好像什么不愉快也没发生,只是他不再取笑我了。我尽管心里头有些过意不去,但我们又都刻意回避那次尴尬。毕竟我也长了见识,学会了应酬,仿佛我就是"刘总"了。

跟什么人,学什么人。孙山杰愿意看书和写作,时常把看过的书借给我看。久而久之,我也学到了不少文学知识,经他推荐,我还在报刊上发表了几首小诗和几篇散文,并加入了市作家协会,成为一名作协会员。

清明节那天,孙山杰冒雨回靠山屯祭祖,我陪他给孙老太爷等先人上坟添土,他也陪我到我爹娘墓前烧了一些黄表纸,以表达晚辈对已故亲人的思念和追忆。回去的路上，他猛地抓住我的双手说："你也报考公务员吧。趁现在还符合条件，再不考就荒废了。"见我不语，他又恳切地对我说："我可以帮你，关键是你要有必胜的信心。你当年并不比我差，数学好像还比我强哩。咱们现在就定了，今年你就报考，我帮你报名！"

二

在靠山屯长大的孙山杰，从小就想出名。走出大山，走进城市，就是他的梦想。经过一步步打拼，终于梦想成真。

老孙家是靠山屯的坐地户，祖祖辈辈顺地垄沟儿捡豆包，汗珠子掉地摔八瓣儿。孙山杰爷爷的爷爷，就长眠在高岭子北坡的松树林里。他敏而好学，学而不厌，成为全县高考状元，也是我们圩子里走出的第一个大学生。接到录取通知书那天，孙老太爷浊泪横流，掐着他的耳朵，上气不接下气地说："三儿呀，孙家祖坟冒青烟了！我就料到会有今儿个。不然，我咋给你起名叫山杰呢？"全村父老乡亲像唱大戏一样热闹了好几天，然后簇拥着把他送到村头……

我和山杰子是光腚娃娃，尿尿和泥，放屁崩坑，啥事都干过。我俩还往马寡妇家的小院扔过碎瓦片儿呢。上大学后，两个高校远

出　名

隔千山万水，他还给我写过好多封信，有啥心里话都向我诉说。每次收读来信，我都又喜又惊，心里总是暖暖的。正像他在信中说的那样："我是靠山屯的儿子！光宗耀祖不是我的目的，我还要为改变家乡的面貌建功立业！"所以大学一毕业，我们就相约回到了家乡所在的县城。他最初在县一中当语文老师，后来参加全省招录公务员考试，考上了市政府办公室秘书。别看他只是给领导写写讲话稿，知名度可比我们县长大多了。而我是学农田管理专业的，对种地比较感兴趣，加之较早就订了婚，便回家乡创业，成为一名地地道道的农民。靠山屯村委会主任何大壮只把我视为他的臣民，见面有时连招呼都不打。

孙山杰心气高、点子多、文笔好，不知是什么原因，机关应用文反而越写越差了，这让他陷入了深深的苦恼之中。有一次，我到市里办事，约他在一家小饭馆吃了一顿饭，也喝了点酒。喝着、喝着，他又向我诉说了心里话，水平比过去高了不少："文章不温不火，一辈子也甭想出名。我可不愿老当小秘书。聪明人总会找到捷径的，这你不懂。"他越说越来劲儿："我是学中文的，为啥不考文联、文化局？因为我发现文章写得再好，也是匠人之术，属于雕虫小技。为什么古人说'辞赋之道，壮夫莫为'？早看透了。这……你就更不懂了。瞅我干啥？我是实话实说。实在不行，我还写小说，做白日梦。念大学时我就发表过小说，反响还……不小呢。"那天他说了很多话，我似懂非懂，也许是饮酒的缘故，最后，我竟听糊涂了。

三

七月天，中伏大晌午。我正在自家的农田里侍弄庄稼，烈日当头，汗如雨下，就连腰带上的手机也热得叫唤起来。电话那头，山杰子喘着粗气，声音都有些颤抖了，连一句客套话也没有："刘铭，你他妈出名了！你可得感谢我，还得请我上大馆子好好地撮一顿。我的小说发表了，但我写了你的名字。你也出名了，还不该感谢我吗？"

"为啥偏要写成我的名字？"

"狗咬吕洞宾，不识好赖人。"

"不说清楚，我凭啥感谢你？"

"我在今年的《通俗文学》杂志第6期上同时发表了两篇以靠山屯为背景的短篇小说，故事和人物可以说是虚构的，也可以说不是，只有你能看出来。我怕把握不好，才把作者署成了你的名字……"山杰子自知说走了嘴，突然打住了。

沉默了好长时间，他才换了种口气，慢条斯理地说道："小说

出 名

发表后,果然引起了争议。我只好按照上面的要求,又发表了一篇批评文章,估计会有较大反响,这回署的是我的真名。对不起了,我是不是有点儿太卑鄙了?请你就原谅我这一回。说实话,我也是实在没有办法呀。"

"你不是太卑鄙,而是太聪明了。"我终于找到了讽刺他的机会,可又有些于心不忍,话到舌前留半句,"谁让我们是最好的发小来着?狗皮袜子没反正,那就下不为例吧。不过,希望你言而有信。"

几天后,我从乡邮递员老郑手中接过孙山杰寄来的特快专递,杂志上白纸黑字刊登着署有"刘铭"名字的那两篇小说,刊物中还夹着一张稿费汇款单。我以为里面还应该有一封信,找了半天也没找到。

次日一大清早,靠山屯小广场的大喇叭开始广播了。音乐过后,好像是全文播送某大报一篇题为《错误的倾向,深刻的教训》的批评文章,一名男播音员字正腔圆且充满正义感的声音在天空上久久地回荡着,而被反复点名批评的人就是我。这回孙山杰真是出大名了,可我的心比针扎的还要难受。更让我难受的是,他失联了。打他的手机,竟成了空号。没有任何一位孙氏家族成员知道他的下落。一想起他,我就彻夜难眠……

四

孙山杰人间蒸发了,生不见人,死不见尸,是死是活,成了一个解不开的谜团。可怜天下父母心,孙叔和孙婶还不到花甲之年,几天工夫,竟然愁白了头。他们老两口也不往好道想,理由之一就是他们的幺儿子曾经有过轻生的念头。一天傍晚,二位老人相互搀扶着,颤颤巍巍地挪进我家的院门,给我送来了他一年前写在日记本上的"遗书"。不看还好,一看真把我也吓了一大跳,怪不得他的双亲瞬间就成了七八十岁人的模样。夜深人静了,我在灯下再次翻开孙山杰的日记,目光落在了"遗书"上面——

一座墓碑在死亡里保存完好,一本书被吞吐的一刹那,顿时变成了瀑布。每一次翻阅和回顾都更换着死者,众多流逝的面孔,使黑夜越来越潮湿。

我从一块钉死我的木头摸到森林在我身体里复活。躺在冰川下的一首诗,于一个词重新起源。历史浅浅地勾勒我的颅骨,我从墓穴里俯瞰世界,也看自己怎样以黑暗的勇气闪闪发光。在没有灵魂的地方,记忆被轻轻一触,都是血……

出 名

　　读着老同学留在这个世界上带有张力的文字，我也是一头雾水。冥冥之中，总觉得这份"遗书"有点儿像一篇散文诗，还觉得他并没有离我们远去，也许此时此刻他正安然无恙地生活在这个世界的某个地方，不久就会回到让他魂牵梦绕的靠山屯。我们还会像从前一样无忧无虑地开怀畅谈，满心欢喜地倾诉着对美好未来的无限憧憬。

　　转念一想，又觉得这些冰冷的文字不像是他的手笔，但分明又是他用独特的字体写在日记本上的。我对他的字太熟悉了，甚至专门模仿过他所写的若干个字的写法，完全可以和他写得一模一样，达到以假乱真的程度。就这么读着、想着，在不知不觉中，我进入了梦乡。醒来时，天光已经大亮，新的一天开始了，但我的心中还是充满怅然若失的感觉。没办法呀，人都是有感情的，更何况是和最要好的发小了，哪有舌头不碰牙的？产生某些误会和不快也是在所难免的事情。一旦到了紧要关头，又怎能不忧心忡忡、魂不守舍呢？于是，我决定开车到市政府打探打探。

　　在一间窗明几净的办公室里，一位自称陈芸的中年女性接待了我。得知我的来意，她微笑了一下，旋即恢复了端庄、严肃的神态："这么跟你说吧，我们也不知道孙山杰同志的去向。开始以为他家里有事请假了，直到亲属来找才知不是。后来又推测他是不是辞职去了南方，可也没办手续呀，就这么不声不响地走了。我们也曾想过向公安机关报案，又怕影响不好，就没有报……"聊了不少，也没问出个头绪，我只好告辞了。

五

时间过得真快，转眼就是两年。

去年参加全省招录公务员考试，我考进了市文联，当上了文学期刊《镜泊风》杂志的责任编辑。今年召开市文代会换届，我又因为名气最大，被提名当选为市文联秘书长。多亏那两篇有争议的短篇小说，在面试和提名过程中都为我加了分。那天研讨一位文学新秀的小说新作，又有人提到了我的小说，并说影响如何如何大。我只好硬着头皮给顶了回去："其实，我写得一点儿都不好，那两篇短篇小说也早就过时了。充其量只能算是两篇生活小故事，没有什么思想性，也没有什么艺术性。现在的作者起点都很高，潜力也很大。我们还是回到研讨会上，有针对性地分析一下作品的得失，因为文学的未来属于年轻的一代。"类似这样的情况又出现过几次，我越是谦虚，收到的效果越好。

其实，那两篇有争议的小说我是永远也忘不了的。或者说，没有那两篇作品，就没有我今天的一切。作家是靠作品说话的。我也

出 名

偷偷地写过小说，都失败了。打死我也写不出来够发表水平的小说，可命运又非让我为它们服务。没有新的、像样的、满意的作品问世，我的心里就没有底，万一哪天露了馅，自己就会身败名裂。一想到这些，我的心情就无法平静下来，就不能不想到孙山杰，可是山杰子在哪儿呢？我在心里一百遍、一千遍、一万遍地呼唤，也没有任何回声，以致使我患上了严重的失眠症，吃了很多药，去了很多医院，也没有治愈。

为了排解内心的郁闷，我只好拼命地读书和写作。古今中外文学名著，到市图书馆不知借阅了多少部，也到阅览室翻阅了很多文学期刊。我的最大收获就是真真切切地感受到了孙山杰丰富而奇特的想象力，同时更加坚信想象力是天生的，不是后天培养出来的，作家就是特殊的人才。"天下王子成千上万，贝多芬只有一个"，说的也是这个意思。

我的工作和生活渐渐变得更有规律了，上班就是看稿子，工作之余就到市图书馆和阅览室打发时光。因为是住单身公寓，没有什么家务事，不读书和写作，还能干什么呢？原来我的生活情趣竟是这样单一。过去在靠山屯种地，现在摇身一变成了城里吃"皇粮"的公职人员，我还有些不习惯呢。双休日或逢年过节回乡下的家里和老婆、孩子团聚，话也不多，总像有啥心事似的。妻子忍不住笑着问道:"是不是外面有人了?我可听说文艺界挺浪漫,如果你看上了哪个美眉,嫌弃了俺们农村人,趁早吱声啊……听见没有?"更多的时候,我会柔声地告诉她,有事儿晚上说;现在我要去孙叔、孙婶家去看看,帮助二老干点什么,山杰子没有任何消息。我还背着妻子给过老人家几次钱以表心意。

六

时光静静地流逝着,人们在不经意间重复着往昔的日子,有时也会有不同的感受。这不,又有人向我透露了一个重要信息,说市文联拟推荐我兼任《镜泊风》杂志社编辑部主任。按理说这是好事,但我却高兴不起来,因为我知道自己几斤几两。孙山杰就是老想出名和当官,才不得不落荒而逃的。对,他一定是去了南方!说不定哪天时来运转,攒足力气,他又换了一个笔名,再制造一个新的轰动。

我又走进宽大而明亮的阅览室,情不自禁地找到了那本熟悉而陌生的《通俗文学》月刊,选了一个僻静的角落,坐在桌前翻阅起来。手中的这本杂志经过改刊,已经变得高端、大气、上档次了。这时,我被一部中篇小说的题目吸引住了目光——《关东大绑票》,题图更是新颖别致,是在素描的基础上着色的那种插图,比较少见，令人耳目一新。突然，我的目光被定住了。不为别的，而是小说的作者也叫"刘铭"。这怎么可能，绝对不可能！我马上掏出手机，按照版权页上的电话号码打过去。编辑告诉我："小说的作者是一位女同志，发表作品时用了这个笔名。"我上网搜过，全国只有一个人和我重名重姓，而且远在新疆的乌鲁木齐。简直是天方夜谭！作者肯定是男的，那位女性就是他的妻子。我在心里大声疾呼，电话那头早已挂断了。

年底前，我顺利地兼任了杂志社编辑部主任。虽然我穷尽了所有的办法，也没有找到我的发小、同学和文友孙山杰。但我相信，无论山杰子走到什么地方，今生今世我一定会找到他！

七

真是踏破铁鞋无觅处，得来全不费工夫。几天后的一个上午，我正在浏览桌上的《江城晨报》，猛然间，眼前为之一亮，我惊呼起来。幸亏是在自己的办公室，如果是在编辑部，我这炸雷般的叫声非把大家吓一跳不可。报上的标题格外醒目——《黑龙江人孙山杰，冲进废墟勇救多名市民》，署名是新华社记者代兵。

"我来救你们！别怕，一定要挺住！"10月13日上午11时许，

城里城外

正在无锡市锡山区鹅湖镇公出的黑龙江人孙山杰,耳边突然传来一声巨大的爆炸声,在距离他不足400米的新杨路上,一家小吃店发生燃气爆炸。危难时刻,孙山杰毫无畏惧,挺身而出,在危险重重的事故现场奋力救出多名身受重伤的市民,为素不相识的人打开了生命之门……

这篇只有几百字的人物通讯写得特别感人,不仅文笔生动,而且思想性强。刚刚读了一半,我就被眼前充满正能量的文章深深地吸引住了。特别是文中还配发了孙山杰的新闻照片。是他!百分之百是我朝思暮想的山杰子,你让我找得好苦啊!于是,我又打开了桌上的电脑。这一搜索可了不得,数不清的网站、报刊和其他媒体都转发了代兵的报道《黑龙江人孙山杰,冲进废墟勇救多名市民》。九百六十万平方公里的大地上,都知晓了孙山杰的大名,这回他是真的出名了,成为全中国都知道的知名人物了……

朦　胧

题　字

梁多平教授是省财大的"台柱子"和财会专业的权威人士，享受国务院特殊专家津贴。他有着可敬的白发、威严的剑眉，加之西装革履和不苟言笑的表情，冷眼望去，都说他特像央视曾热播的电视专题系列片《话说长江》的著名主持人陈铎。

有一个由头不能不说，因为它涉及梁教授，而且和后面发生的故事有关。

别看我一出屯子就辨不清东南西北，但一看见自己家的烟囱就来了能耐，毕竟用发表的小说铺出了一条通向山外的小路，一个倔强的"愣头青"从深山老林里硬是挤进了市文联。想必是《他从森林中走来》电视专访也起了一定的作用。记得我应邀去省财大做过一次励志性演讲，相当成功，多次被师生们热情的掌声所打断。后来，文艺界有人背后说我"太能吹了"。老实说，如果他们专指我那次演讲或发表过的文学作品，我立马会当着他们的面大声地说："非常抱歉，我吹得还不够，北京有几个人知道我呀？"但我至今把这些话都烂在了肚里。

再后来，那是一天上午，梁教授突然兴冲冲地来到编辑部找我。寒暄过后，我们便有了如下对话：

"你是搞写作的，请你给我题个书名吧？"

"梁教授，写作不是书法……"

"我知道。你很有拼搏精神，人也很真诚，我特别敬重你这个年轻人，才找到你的。"

"那……那我也写不好。"

"成天写字，哪能写不好呢？"

"我说的是真话。"

"林区人都实在，不要谦虚了。别的都好说。"

他的话步步紧逼，我真的没了辙，直到这时，我才真正品出了"无奈"是什么滋味。于是，我只好抓起蘸过红墨水的改稿的毛笔，用拿钢笔的姿势在一张大白纸上写下了"新会计原理与实务"7个大字。

梁教授喜在脸上，如获至宝地把我的题字揣进西服的内兜儿，匆匆离去。

几天后，市里隆重举办了"北疆书法名家作品展"。主办方也送了我这个"门外汉"一张请柬，我便装模作样地出席了开幕式。在展厅里，不知为什么，我把给梁教授题字的事儿告诉了文联主席黄东。

朦　胧

　　文艺界私下很少管领导叫官衔,不是叫"头儿",就是叫"老大",有点儿像江湖上的称谓;同事之间则互称"老师",或者以"兄弟"相称,又有点不伦不类。我们这位当家的可不一般,不仅是诗人、作家,还是书法家和画家。"老大"立时瞪大了双眼,接着又眯起眼睛对着我的耳朵小声道:"老弟,你要是不怕行家们笑话,今天……一会儿……马上就去把你的字要回来,我可是为了你好哇!"

　　看来我真是不该为梁教授题写书名,都是磨不开情面惹的祸。事不宜迟,我三步并作两步来到收发室,拨通了梁教授办公室的电话。梁教授几乎没有等我说完,就回道:"书已付印,题字撤不下来了。但题字费明天我一定给你送去,请放心!"

　　次日,梁教授没有来,而是派他的学生把1400元钱塞进我的手中,一脸严肃,什么话也没有说就走了。又过了大约一个月,我收到了刚出版的《新会计原理与实务》,书名用的是我那有些蹩脚的题字。但不久后再版时,我的题字果然被撤下,换成了堂堂正正的行楷体书名。我是在省新华书店见到此书的,从"作者简介"中得知,梁教授已经退休,到海南三亚定居去了。

　　"梁教授为什么非要找我题字?"此事过去整整20年了,只要一想起来,我的心就隐隐地痛……

城里城外

雪城疑案

深圳市龙岗区的武方先生腰包鼓了，每年都要抽些时间去饱览祖国的大好河山。这不，2009年一开门儿，他便携着新婚燕尔的年轻妻子兴冲冲地飞抵北国雪城。

下飞机，上出租，武先生屁股还没坐稳，就操着浓重的广东口音感叹道："哎呀，这雪城好好漂亮呀！街上的雪扫得太干净了，真是了不起呀……"司机听着心里很不是滋味，因为入冬以来几乎就没有下过雪，忙接过话头，热情地当起了导游："来我们雪城的游客可多了，到了雪堡您再看，那才叫漂亮呢。"雪城人都知道，雪堡是由人工造雪建成的，自然降雪黏度不够。

"是不是还有个什么雪乡呀？"

"当然有了，不远，就在双峰。去了您肯定还想来。"正说着，天空竟飘起了雪花。

武先生兴致大增，恨不得立马就置身其中，实打实地感受一下冰雪世界的乐趣。

午间多喝了几杯"牡丹江大曲"，又泡了一番热水澡，加之旅途劳顿，武先生和爱妻在宽大的双人床上酣然入梦。当二人一觉醒来时，窗外早已是万家灯火了。马上去雪堡！

朦　胧

　　这对幸福的伴侣在积雪上踩出"嘎吱、嘎吱"的声响，他们高兴极了。一入雪堡，两个人的眼睛就活泛起来，这瞅瞅，那看看，天真得就像一对小朋友。他们在笑声中追逐，在嬉戏中观赏，仿佛漫游在童话王国里。也不知过了多长时间，反正有些累了，爱妻走走停停，时而紧紧地依偎在武先生的胸前，仰起头，微闭双眼，娇羞地喘着。游人生怕惊扰他们，纷纷绕行，有几个小青年忍不住频频回头张望……

　　武先生毕竟是武先生，见多识广，警惕性高，此情此景让他陡增几分警觉。几乎就在同时，他猛然发现裘皮大衣里的钱包不见了！天旋地转，五雷轰顶，武先生在几秒钟内急出一身汗。完了！全完了！钱包里光现金就8000多元。还有身份证、银行卡和返程飞机票，这回全身上下可是一分钱也没有了。他摘下水獭帽，头上直冒热气，跑到一位身着工商制服的男士面前："警察同志，我报案，我的钱包被偷了……"顺着他手指的方向望去，五颜六色的彩灯辉映着的是一组俄罗斯古典建筑风格的雪雕。

　　在这位工商人员的帮助下，武方先生和爱妻见到了真正的警察。库玉祥警官和另一名警察一边安慰一边认真地听完他的全部陈述，又仔细询问了一些相关细节，然后说道："现在马上就要闭园了，游客也快走光了。您看这样好不好，我们先用警车把二位送回宾馆，今晚我们连夜展开工作，明天再去宾馆找您……"武先生尽管六神无主，还是忙不迭地点了点头。

纷纷扬扬的大雪又下了一夜，降雪量高达14.1毫米，天亮了仍然下个不停。这场因东北高空冷性涡旋形成的大量降雪终于为雪城挣足了面子。上午九时，库警官急匆匆来到宾馆，大堂副理递上一张武先生的留言条，上面写道："昨晚实在是疏忽，不好意思，添麻烦了。我们今天去双峰雪乡，两天后回来。感谢警察同志！武方于2011年11月1日。"库警官先是一愣，继而似有所悟，脸上慢慢露出了笑容。

缘从何来

通乡公路平坦而绵长。

白色水泥路面本来就有些狭窄，两辆银灰色的捷达轿车却互不相让，你追我赶，大有飙车之势。

它们先是一前一后行驶，继而一左一右奔驰，此时已经较量了好几个回合。看样子，一时很难分出胜负。

左侧轿车司机长满连毛胡，右侧轿车司机剃个秃老亮；两人显然互不相识，年龄都在三十岁上下。

此刻，秃老亮心里憋屈，因为相处多年的对象吹了；连毛胡更

朦　胧

是闹心，一笔眼瞅就成的生意黄了。同是天涯沦落人，相逢何必曾相识。开车到近郊乡下兜兜风，不约而同成为他们的首选。

小小村落，已在眼前现出轮廓。

仿佛鬼使神差，两人同时挂挡、踩油门，捷达轿车有如离弦之箭，飞也似的向前驶去。好像心有灵犀，他们又同时摁下车窗玻璃，外面的风呼呼作响，心情为之一振，车子开得更快了。

突然，左侧轿车开始减速，连毛胡把头伸出窗外，大喝一声："猪！"右侧轿车里的秃老亮正在得意，听到骂声，顿时七窍生烟，立刻回道："你才是猪！"话音未落，他的车真和一头猪撞上了。猪的惨叫，翻车的轰响，突如其来的这一切，把后面轿车里的连毛胡吓蒙了，几乎惊成一尊目瞪口呆的雕像。

多亏从农田里跑来的村民拼命呼喊，连毛胡才如梦方醒。当他被村民们架下车来，双腿竟颤抖不止，一屁股坐在了地上。这时，一位老农弯腰照连毛胡的肩膀拍了一下，焦急地催促说："赶快给120打电话，马上来车救人！"说罢，他带领乡亲们向撞翻的轿车跑去。

大约两袋烟的工夫，救护车鸣笛赶到现场。白衣天使和正在处理交通事故的交警把浑身是血、尚有呼吸的秃老亮用担架抬到车上。连毛胡随后离开，临上车前，他把目光投向身上无血却早已停止呼吸倒在路边的肥猪,有些不知所措。只见那位老农猛一挥手,冲他笑道:"小子,你快走吧。猪不用你管了,快去医院救人,磨蹭个啥?走!"连毛胡鼻子一酸,眼睛湿润了,他深深地向乡亲们鞠了一躬,泪水夺眶而出。

半年后,连毛胡因频繁光顾医院看望秃老亮,与秃老亮的姐姐大美人确定了恋爱关系,成为幸福的恋人。一年后,秃老亮终于恢复健康,与父母及亲朋好友一道高高兴兴地参加了姐姐的婚礼,内弟和姐夫遂成生意上的伙伴。

据说,他们的第一宗买卖就大获成功。此后生意兴隆通四海,财源茂盛达三江,并为那个让二人终生难忘的乡村捐资助学,创办了一所"希望小学"。

故事里的人物

岁月不居,时光飞逝。

多年前,在张厂长还是动力车间主任时,光华机器厂发生过一场大火。那火起初很小,只是冒烟,不见火光,后来越着越大,把机加车间的房顶都烧着了,火光映红了大半个夜空。

紧急时刻,李厂长不见了踪影,而动力车间的张主任却挺身而出,面对眼看就要落架的厂房,他面无惧色,目光炯炯。就在这紧

朦　胧

要关头,张主任振臂高呼起来:"同志们,考验我们的时候到了!赶快冲进去抢救国家财产。火光就是命令,同志们冲啊!"

战前动员果然奏效,火线上的职工备受鼓舞,没有丝毫的犹豫,立即冲进厂房……几分钟后,房顶轰然坍塌。而高喊口号的张主任则如雕像一样屹立在原地,目睹了眼前发生的一切。

17名职工非死即伤,被省安监部门定为特重大安全事故。事后不久,张主任满含热泪,在全省机械系统和市里做了多场巡回事迹报告,语言生动,表情庄重,有些细节不知感动了多少现场的听众。

我就是当时的听众之一,听了报告心潮澎湃,不能自已,恨不得马上"也像17名勇士一样,在烈火中经受生与死的考验,让生命走向永恒"。那是何等的荣光,何等的神圣啊!

命运真是不可捉摸,就像做梦似的,一个月后,我竟被选调到厂办当上了厂长秘书。激动的心情,无以言表,我只能暗暗发誓绝不辜负组织的殷切希望,一定把工作干好。

张厂长洞察一切,完全猜透了我的心思。那天上午,他热情地把我叫到他的办公室,让座倒茶,嘘寒问暖,和我进行了一次难忘的谈话:

"我厂的职工太可爱了,他们当中有很多可歌可泣的感人故事。

你应该写一篇像徐迟的《哥德巴赫猜想》那样的报告文学。"

见我欲言又止,他隔着茶几从沙发那头伸手紧紧握住我的右手,接着道:"年轻人要有雄心壮志!你发表的作品我看了,确实不错。别看你的腿有点儿毛病,写文章的健全人也不一定能赶上你。等我有时间,我会帮你提供一些素材。你先收集收集吧。"

接着,张厂长又关切地问:"有对象了吗?"

"没有。"我的心里顿时一热。

"事业无成,何以言家?记住我的话:年轻人永远要把工作放在首位!"张厂长一字一顿地说。

还唠了许多,可惜我都忘记了。

就在我跃跃欲试,准备大书特书一番的时候,那些伤亡职工的家属纷纷向市纪检委举报了张厂长,先告他把工人们"骗进火坑,丢了性命",后告他有"经济问题"和"作风问题"。举报持续了很长一段时间。

后来,就没人告了,因为张厂长自缢了。

也有人说,他是因抑郁症轻生的。

那一年,他才41岁。

文友记怀

我在林区有两个老铁,都是文友,也都过世了。但不知为啥,咋也忘不掉他俩。老王和老张,整天就像影子一样在我的眼前徘徊。老王写小说出名较早,在29岁那年,他就被派到一个林场当一把手。这个林场是出了名的老大难,人人视为畏途,他也一样。可他不去是行不通的。

林场乱糟糟,七股当家,八股主事,人心涣散,一片残瓯满地磕,亟待收拾和整肃。老王来之前这里有四个场领导,老大和老二互掐,老三背着手看热闹,老四打鱼摸瞎不上朝。要做班子的工作,一时半晌见不到成效。老王(当时应称小王)四下撒眸,终于发现了一个能人,那就是会计老张。此人五短身材,眼神也不好,还有酒糟鼻子,真正的其貌不扬,可他对付女人很有一套。不久前,因为这种事的败露,他受到开除干部队伍的处分,刚从外林场调过来,蛰伏在这里疗伤呢!

能不能用老张,敢不敢用老张,也是对老王胆略和气魄的重大考验。那天老王找到老张聊了起来,这事儿早弄得满城风雨,老王早就听说过一二。老张也不背他,就如实都说了。老张不抽烟,也不喝酒，就是得意这一口，而且能力超强，据说大冬天把劳动保护大衣往雪地上一铺就能操练。他的家又不在林场，简直就是万物皆备。老王说："你是能人，得之可以兴场，失之可以误事，不该盘着卧着。我想让你把场子的事都统管起来，为了名正言顺，让你和调度对调一下，你看咋样？"老张沉吟了半天说："那你可得担风险了。"老王说："用人不疑，疑人不用；用人如器，各取所长。你得保证不能在我眼前搞，起码不能让我知道，干好了我给你恢复干部身份；要不然你把我坑了不说，也要加倍受到惩罚，大概连工人编制都保不住了！"老张深感知遇之恩，向老王保证，绝对不犯类似错误，一定把几乎瘫痪的工作抓起来。

　　从此以后，老张就"挟天子以令诸侯"了，大事由老王和班子决定，具体就由他看着办。老张机敏利落，秉公办事，绝不拖泥带水，干部工人都能服气，老王也省了不少心，在生产和后勤管理方面，几乎"无为而治"了。几个副场长虽有牢骚话，可看到形势日好，就渐渐认可下来。闲暇之余，老王在林场的办公桌上，在宿舍的日光灯下，写了一篇力作，就是他的早期代表作——中篇小说《绿楼梦》。这篇小说作为某刊物的改刊头题，被《小说月报》选中，这也为他后来当专业作家奠定了基础，加重了筹码。

　　老张看老王一个人住在值班室，又冷又瘆，就劝他搬过去和自己一起住，换了更夫在老王屋里守着。老张的屋子很暖和，还常常开小灶，馋急了老王也蹭点吃。他开玩笑说："老张啊，你看是我改造你呢，还是你改造我？"老张哈哈大笑，说："当然是场长改造我啦，我这不是戴罪立功嘛。"老张很有文学修养，能背很多古典诗词，夜里他俩躺在火炕上，你一首我一首地背着，借以打发大山里的寂寞。他有一个双喇叭收录机，整天放着邓丽君的软歌，在当时这就有些过了。但老王并未阻止他，在他看来，凡是市场上买到的，那就是安全许可范围之内的，宽容是美德。

林场由半死不活的状态到红红火火，决定性因素当然在老王，而他则用了一个颇有争议、令人不大放心的人。看看时机差不多了，老王就找林业局领导，把恢复老张干部身份的事儿说了。那时候他的人气指数很高，大概除了杀人放火不行，别的啥事儿都能办到。林业局领导说，敢用老张的人也就是你吧。你走的可是一步险棋呀！你们的工作的确不错，那就报上来我们研究研究吧！实际上老张是很傲的，一般人他都不鸟，他说，是王场长的人格和才能把他折服了。

他们一帅一将，配合得极默契，乃至后来成了忘年交。老王调到林业局党办当主任，老张被提拔到另一林场当以工代干的副场长，创出了显赫的业绩，可也故态复萌了。老王调到省里当了专业作家，老张则在不断地换情人，有的还差着辈呢。他的乱来，老王也不是没有看法。可老张是重情的，并不是扯完就拉倒，对有难处的都伸手拉扯一把，细节就不好细说了。

老张成了香饽饽，好几处都要他去开疆拓土，改变局面，最后被某地养殖场捷足先登了，具体就是养貂子。老张也雄心勃勃，指望着能大发一笔，可惜时乖命蹇，养殖场遭遇了犬瘟热，几百只种貂连毛都没剩下。老张欲哭无泪，想利用木材弥补一下经济损失，结果上头一栽肩膀，把责任擩到了他头上，老张就锒铛入狱了。老张犯事时，也采取了躲避的办法，警方找不到他，竟然找到老王家来了。当时老王不在家，两个警察跟老王老婆要人，扑了一场空。老张像革命志士那样慷慨陈词，写了厚厚一本狱中书，大有把牢底坐穿的决心。老王知道后给他家写了一封信，大意是如果需要赔付，我还有几个积蓄，只管拿去。老张莫名其妙地进去，又莫名其妙地出来了。他说："这个事业那个事业，我他妈干够了。现在我想自己干出点名堂来，让他们看看！"

老张是真正的能人，看林业局的杂木杆卖不出去，堆在贮木场都沤烂了，就大骂败家子，自己承包下来，一并承包的还有铁路专用线。老张做起了老板，乘着改革开放的东风，把生意做得风生水起，银子哗哗地流到他的口袋里去了。先前不可一世的领导，诋毁和诟病他的人，都向他示好讨赏，夸他这个那个。如今他用不着再追女人，女人们倒追他了。老张如鱼得水，还打电话和老王调侃说："现在好是好，就是累两头啊！"

钱赚得差不多了，老张的岁数也大了，就决定歇手。有一次他来看老王，突然就跟老王说："我也要写书——过去听命于你，如今尊你为师。"这样一来，老王肯定要为他费些工夫了。老张先后写出两部长篇小说《山里人》和《风流逃犯》，而且加入了省作家协会。当然，老王是最大的内应。有一次，老张在电话里喟叹："完犊子了，真老了，现在就是想犯男女关系错误都不能了！"

老张大老王16岁，老王每年回老家都要看看他，也经常和他通电话。老张是84岁那年走的，老王走的时候才61岁。真是天妒英才，老王刚刚退休，就被老天领走了。据我所知，老王也有许多文学上的女粉丝，可他就是没在河边湿过鞋。老张为这些事儿也没少挖苦老王。我想，在另一个世界里，他俩还会相遇并继续进行深入的交流……

好友老苟

一

平心而论,老苟算是好人。

我是1990年认识他的。那一年,对我而言,可谓"咸鱼翻身"的一年。一个走路摇摇晃晃的残疾人,竟然通过给领导写讲话稿从林区调进城市。老苟在叫小苟的时候,就爱说假话,还爱琢磨人。但他假话只说一半,琢磨人也给他带来了很多实惠。其实,我有时也说假话,绝大多数时候,我自称是靠写小说进城的,暗示我是一名作家,不仅会耍笔杆子,还有艺术细胞,是一个充满浪漫情怀且才华横溢的人。不过当年我也发表过若干篇小说,所以不算吹牛。

后来,我也仔细回忆过,却怎么也想不起来是怎么认识老苟的。我只能想起当时进城工作的事落空,心情不好,老想发泄。可是当时的我举目无亲,又找不到倾诉对象。在这种情况下,我结识了苟喜胜,之后与他成了朋友。

苟喜胜先是安慰了我一番,让我冰凉的心开始变得温暖。接着,他话锋一转,又开始帮我分析工作落空的原因,其结论是:"你没送礼,凭啥接收你?就算你是作家,不就是个码字匠吗?依

好友老苟

我看，你这个人就是太抠了，舍不出孩子，套不住狼。"那一年，他30多岁，我刚20岁出头，所以称他为大哥，心里对他满是敬佩之情。听了他的话，我红着脸，暗暗点头，尽管心里有些不太服气，但也认可了这位老兄的点拨，觉得他是个明白人。后来，苟喜胜越整越明白，先是成立了"临江市美术培训学校"。他根本不懂美术，但他可以重金聘请行家或名家授课。不久他评上了"市劳动模范"，后来又当上了"省政协委员"和"市政协常委"，成为我市名人，风光一时。我也不失时机地在省市报刊上发表了三篇关于他的报告文学，大造声势。我们因此成了老铁。就是靠这几篇作品的奇光异彩，我正式调进了临江市文联编辑部，由秘书改行，成为一名专职文学工作者。

但好景不长，苟喜胜出事儿了。据说他是好几件事同时案发，已经被抓进了临江市第一看守所，而且招供了一部分，肯定会被判刑，等待他的将是铁窗生活。被誉为我市"消息灵通人士"的关照民兄的话，我深信不疑，他私下传播的信息大都得到了验证。顿时，我的心里好像有一个东西往下沉，我开始为好友而长吁短叹，觉得人生有时很荒唐，啥事儿都有可能发生，眼前的这一切就像做梦似的，太令人感慨了。没想到的是，半个月后，关照民又来到编辑部，向我通报了有关的小道消息："据说苟喜胜没事儿了。他去看守所里转了一圈儿，就大摇大摆地出现在公众面前，还对大家的关心表示了感谢。我必须马上告诉你，他可是你捧红的风云人物啊！"

"有话就说，有屁就放。"我面无表情，在等待下文。

关照民清清嗓子，继续说道："苟喜胜就是苟喜胜，真不是一般人啊！据说他只承认了赌博，做了个笔录，交完罚款，就放出来了。上面审讯了他三天三夜没有结果，只好让他回家过年。也可能是有人背后帮他说情了，或者还有什么别的，反正不了了之了。"不知为什么，听到这个消息，我的心头猛然一热，外人不会察觉。

此后，苟喜胜仿佛从天上掉进了河里，在临江市实在是没法混了，他便去了深圳，从此音信皆无。我曾四处打听过他的下落，也问过很多朋友，全都一无所获。时间一长，慢慢地，我就把他彻底忘了。

二

又过了好多年，应该是我从市文联退休前的某一天，我突然想起了苟喜胜这个又爱又恨的好朋友。退休后，年纪大了，老爱怀旧，冷不丁地，我又想起了年轻时代的老朋友苟喜胜。老苟好像也没有忘记我，就在我日思夜想惦念他的当口，仿佛心有灵犀，老苟拨通了我的手机。

好友老苟

2022年6月26日，据《红川日记》记载："今天我和老苟又重逢了，也是第二次握手！这家伙还是挺讲究，多年不见，一如当年。"他从皮箱里给我拿出两盒上好的茶叶、一把高级电动剃须刀、一件笔挺的细格面料的西服和一件做工考究的夹克，还有一把题有"难得糊涂"的精美的折叠扇子。他将这些东西放到沙发上，就把我从家里拽到象牙海岸餐厅大喝了一顿。我们都喝多了，但我依稀记得，还有一个重要情节和一个重要细节。通过回忆，完全可以再现当时的场面。当时，苟喜胜已经70多岁，我也60岁出头，两个老家伙又在临江市见面了。他西装革履，戴着金丝眼镜，身板硬朗，依然比较健谈。我唐装在身，充满自信，出版过9本书，数量不少，但没有轰动的，也就比较低调了。开餐前，老苟问我还找谁不。我首先想到了关照民，连忙拨打了这位"消息灵通人士"的手机。通知关照民有些晚，喝到一半时，他才气喘吁吁地出现在餐厅的雅间。老苟十分热情，又加了两个菜。这就是我要说的"重要情节"。再说一下所谓的"重要细节"，总之，我是在关照民的帮助下，共同回忆了老半天，才想起当时的情景和对话：

"来来来，三兄弟再干一杯！"老苟是场面人，冲着新结识的朋友，他热情地提议道。

借着酒劲儿，我们都一口闷了。关照民并不插话，莞尔一笑，眼睛大都盯着鲍鱼之类的，手中的筷子忙个不停。

不一会儿，我开始关注老苟的手机。喝酒和手机无关，他老摆弄那玩意干什么？他一会儿摁一下，也不看手机内容。我写了大半辈子小说，观察能力还是有些超人的。只扫两眼，我立马就确定他是在偷偷地录音。这时，老苟把手机拿到桌底，在大腿上又摁一下。这老小子到底要干什么？

因酒精的作用，大脑的转速有些不够了，但我还是明白了他的用意。多年前我就发现了他的种种可疑之处，但从未点破，今后也不想揭穿，毕竟任何人都是有尊严的，打人不打脸，此之谓也。刚才话赶话，又说到了老苟年轻时的风流韵事，只见苟喜胜大手一挥，朗声说道："男人嘛，谁没点儿浪漫的故事？老代，你也是个作家嘛，可以说你阅人无数，怎么能没有感受呢？"我只好笑笑，但同时又觉得他好像有点儿藐视我。于是，我开始胡言乱语，说与玛丽娅、索菲娅、嘎妮娅如何如何了。为逞一时之快，我竟上了他的圈套，让他录为"三娅事件"的证据了。这就是我要说的"重要细节"。

但是，我还不想揭穿这一切。一是我坚信老苟是30多年的好友，他害谁也不可能害我。二是老伴知道了我也不怕，我从来没有出过国，也可以说是开玩笑，并有关照民作证。今后我必须提高警惕，一定要和老苟将计就计、斗智斗勇，把握好分寸，万一他哪天不够哥们儿意思了,我非要让他在省市纪委、监察部门出尽洋相,彻底败北,无比难堪。如此,岂不更有故事性和悬念?我觉得这将是一篇好小说,说不定就成了我的短篇代表作呢。然而,事情的发展往往并不以人的意志为转移。结果还是我失算了,后果是:我们这对相处了 30 多年的老伙计还是分道扬镳了……

三

接下来的故事,还是挺有意思的。

苟喜胜在临江市住了大半年,我们多次小聚,我也请过他四五次,还是他请我的时候更多一些。

天冷了,马上就要下雪了。老苟将回广东深圳和家人团聚,我又在象牙海岸餐厅回请了他,也是大喝一顿,还是关照民兄作陪。分别时,我和老苟紧紧拥抱,鼻子酸酸的,泪水打湿了双方的肩头。关照民抓住瞬间,拍下了珍贵的照片。我将合照放大后做成 12 寸水晶照片摆件,放在案头,好像即便和南方的好友远隔千山万水,我们照样天天见面。

转眼就是 2023 年五一国际劳动节了,我和老伴儿带着女儿全家驾驶商务大轿车到吉林省吉林市去游览松花湖。那天天气很好,阳光灿烂,蓝天白云,山清水秀,我的心情很激动。就在这时,我接到了老苟的微信:"是不是也在旅游呢?各地人气全上来了,都是一家一家地出去,祝你们玩得愉快!"

我立刻回复并问候。

他又回道:"你全国处处有朋友,每到一处都有朋友接待。当年我有钱时,总是我请客接待各路朋友,现在也是一样,我在花钱时有满足感。"我回复表示认同。

他又发来第三条微信说:"你应该先发微信祝我节日快乐,我是兄长。现在是人走茶凉了,你的思想出了问题,应该深刻反思。待续。"

因为当时游客多、时间紧,没办法,我只回了一个"对"字,妥活儿。

回到临江市后,我感觉很累。正在休息之际,老苟又发来微信,态度严厉,看得出,他不高兴了。他在微信中严肃地说:"李省长是漏网之鱼!他早晚得进去,那可是个大腐败分子,是巨贪,是大老虎!"我顿时也来气了,李省长是外省的副省长,我多年前给他当过秘书。此人清正廉洁,口碑极好。他给我的散文集《只为馨香故》写过序,多次表扬过我,还和部下们吃过两次饭,一次是他个人请客,一次是我们花钱。于是,我在微信中回道:"不可能,李省长是好干部,不可能。"怎么也没有想到,这回老苟火了,竟然向我开炮了,他回复的微信中充满了火药味:"你以为我不懂官场呀?我走南闯北一辈子,什么山猫野兽没见过,我不相信你没贪过?盖书画院大楼你就没少贪,我有录音为证,铁证如山。"谢天谢地了,这老苟终于露出了狐狸尾巴,简直把我气晕了。我确实讲过盖大楼市财政投了多少钱,我们是在白乐桥一号敲定的施工方案,但那时我是市文联副主席,没有财务审批权;而白乐桥一号在浙江杭州,是中国作协"杭州创作之家"所在地。于是,我在微信中写道:"为了写作心静也要删掉你,你闹着玩也不应该下死手,但我无论如何不跟你玩了。"

俗话说:"请神容易送神难。"老苟这回还不干了,又抛出一发"重磅炸弹",说起我们酒桌上的一些醉话。小小的手机,差点把我"炸"得人仰马翻。其实,喝酒的那天晚上,我还是很清醒的。尽管脸红冒汗嗓门大,好像是醉了,可心里如同揣了一面镜子般明白。刚开始,我就发现老苟录音了,觉得有些可笑;之后光顾着说话就没有注意观察。

后来,说完那些话,心里还是不放心,我便于当晚写了很长的日记记录,生怕老苟疯了,将来咬我。

这篇日记,果真派上了用场。我坐在书房里,仰靠在藤椅上,在写字台上水晶照片中老苟的注视下,认真地品读着当年当月当日的日记，心里有了底儿。同时，我的心里充满了悲壮，如烟往事和万千感慨一起涌上心头：我都是63岁的退休老头了，经历不算少，好像也不傻，怎么就交了这样一个又爱又恨的朋友呢？而且足足用了30多年的时间才认清了他的本来面目！于是，我给老苟发了最后一条微信："老兄啊，因为你爱搞小动作，我早就有防备，那些半真半假的故事，录音了也没啥用。你有小聪明，没有大智慧！"摁完手机发送键，我就把老苟的微信删了，同时将他的手机号码也拉黑了。

就在删掉老苟微信、拉黑老苟手机号码的一瞬间，我的大脑恍惚了，心尖隐隐胀痛，耳边又响起了苟喜胜狂叫"老瘪子"的声音。这句所谓的骂人话，也证明了我在老苟心中的乞丐地位，尽管他和我称兄道弟，他始终没有真正尊重过我。严格地说，老苟没有破口大骂，只是在微信中使用了俗称，并非骂人。但我还是在微信中回道："不要羡慕我，羡慕我很容易实现！"这句话也伤人，说罢我就后悔了，直到此刻，还懊恼不已。这时，关照民又来到我家，向我通报了老苟的最新消息：他在深圳开办的所有公司都破产了，但他又成立了一家"正义律师事务所"，因无资质，与人合作，实际上由他掌控……

后来，我们之间什么故事也没有再发生，仿佛老苟和这个世界彻底失联了。不过，我偶尔还挺想他……

城里城外

一

一阵震耳欲聋的雷声之后,有一团红雾渐渐散开。一个人影从中缓缓地站起,如一朵无根的浮萍在风雨中缓缓地飘来,一双痛苦、无限寂寞、无限复杂的眼睛,穿透黑夜、穿透风雨射出闪烁的光芒。他向她伸出一只手,她也伸出一只手,男人的手女人的手,两只手就要握在一起了。突然,一个白衣婆娑的女人从地面幽幽地浮起,逆行的风雨带动她的裙裳沉重地飞扬着,在与他俩成三角的地方停止。只见她上前一把拽住他的袖子,然后扭过头来:一张苍白的圆脸上缀满了晶莹的水光,不知哪是泪哪是雨,她呜呜咽咽地对她说:"他,是我的。他是我的。我的我的我的……"轰隆隆,又是一阵好响好响的雷声。

"啊!"雪惊叫着,双手揪着胸前的衣服猛地坐起。闪电光中,红雾消失,女人消失,那双凝视她的眼睛也在渐渐地消失。"吉!"雪凄厉地叫着,伸出一只手向那影子抓去。

然而,已经什么都没有了。

心,又被一瞬间的噩梦铰碎了,满身又是冷汗淋漓。列车在漆黑的夜里寂寞地爬行，外面的风雨还是那么任性地嘶鸣，旅客们也还都那么安恬地沉睡着。雪一手揪着胸前的衣服，一手死死地攥住卧铺吊床的带子，一任那两行滚烫的热泪汩汩地漫过抽搐的两颊，无声地流进翕动的唇里，牙齿猛劲儿地咬着下唇，再一口一口地把那又咸又涩又腥的混合物默默地吞进肚里。记忆的土墙，又一次被泪水泡塌，许多强行封存的往事，又一下全涌入了脑子……

二

眼睛？是的，就是这样一双眼睛。

雪很小的时候，就熟识这样一双眼睛，深沉热情而又无限寂寞、无限痛楚的眼睛，那是父亲的眼睛。她喜欢这双眼睛的注视、萦绕，喜欢在这双眼睛下面听诗一样的故事，喜欢在这双眼睛下自由地玩耍。她害怕，甚或讨厌妈妈那双凌厉如她的嘴巴说出的话一样尖刻的眼睛。可是一旦父亲那双深沉热情的眼睛与妈妈的相撞，便立刻冷却、淡漠。在她7岁的时候，爸爸带着他的眼睛走了，再也没有回来过。她那颗幼小的心灵毫无选择地承受起了寂寞、孤独和失去慈父的痛苦，她的童心、她的天真被无情地拗断了。后来的日子，她学会了爱妈妈，在妈妈面前从不提爸爸。可爸爸那双眼睛啊，她想，爸爸那双眼睛一定在一个她不知道的地方默默地注视着她的成长。

升入高中,在高考复习班里,她发现了那双寻找了十年的眼睛,心灵深处的眼睛。她无法抗拒来自那双眼睛失而复得的诱惑,她明知道那可能是枚禁果,可她不能让它再次失落。借口复习,她得到延长在校时间的准许;借口天黑路远,她得到吉的护送。多少次,妈妈不放心,出来接她,都发现那个男孩子的身影,可她从来没有问过雪关于这个男孩了的事情。既然已经看见,却什么也不说,雪以为妈妈默许了。沉默,默契的沉默持续到高考结束。

那天,直到现在,雪想起那天,还忍不住泪涌如泉。那天,她兴高采烈地捧着大学录取通知书给妈妈看,她多想看到妈妈笑一次呀!可是,妈妈只那么冷冷地看了一眼便不再看,而是命雪坐下,用她那凌厉的眼睛逼视着雪,一字一句地说:"你听着,我不喜欢吉。尤其不喜欢他那双阴沉沉如那死鬼一样的眼睛。""妈妈!"雪惊讶地大张着口,说不出话。妈妈又一次坚定地说:"只要我还活一天,只要你还承认是我的女儿,他就不能踏进我的家门,我就不允许你和他在一起。"说完,妈妈起身走出里屋,关上门,扔下惊呆的雪,走了。泪无声地涌出雪的眼眶,雪哭倒在炕上。此刻,她觉得从来没有这么恨过,恨妈妈无情,恨妈妈冷酷,恨妈妈残忍,恨妈妈自私,恨她逼走了爸爸。她一直以为是妈妈无情逼走了爸爸,这一次又要逼走吉。她恨妈妈不早告诉她不能接受吉,让她来不及给自己的感情留有余地。雪好恨啊!可是,雪是她的女儿,她是雪的妈妈。十年来,爸爸一去无消息,是妈妈苦巴苦业地拉扯她长大,有一口细粮留给她吃,有一寸细布做给她穿。妈妈从三十几岁守她守到四十多岁,一头乌黑的青丝已点染了隐隐的霜花。她不能在失去了父亲以后再失去母亲,她不能让妈妈失去了丈夫以后再失去女儿。她没了吉,还会拥有很多,可她是妈妈身边唯一的亲人啊!

终于有一天,雪约了吉,在吉那双眼睛的凝视下,她慢慢地闭上自己的眼睛,任两行无言的泪恣意流下。她喃喃地对吉说:"吉,请你原谅我。我只是个世俗小人,忘了我吧。"任吉怎么摇她,怎么呼唤,怎么拥抱,怎么亲吻,任吉极度失望之后,一步步走出很远,她也没有睁开眼睛。她怕吉用那双复杂、痛楚的眼睛看着她那样,她就会再次投入他的怀抱,她就永远走不了。

她,从没有想到,她抛掉的那枚青橄榄,会让她苦涩这么多年;从没有想到,初恋会占据她的整个心灵,任其他人再也走不进她的心门;从没有想到离别这么久,相距这么遥远,生命中还有重逢的一天,由心中那一点不逝的灵犀沟通当年不可逾越的天堑。她曾经以为多年的尘埃已深埋了她圣洁的初恋。她曾经以为记忆的土墙能够封存她真实的情感，也曾经以为大学、职位和她对事业孜孜不倦的追求，以及一个和她各方面条件相当的男人，能够填补她心灵上的空位。几年来，她努力地使自己沉陷忙碌、疲惫之中，没有时间寂寞，没有时间孤独。直到那个与她大学恋爱四年后又等足两年的男友终于不再等她，而与别的女人结婚，她才明白空位就是空位。然而，那一场恋爱纠纷引起一场轩然大波，于无形中断送了她已经议定的报社副刊部主任的前程，也打破了她忍痛放弃初恋和多年来苦心编织的献身新闻事业的梦想。都说：福无双至，祸不单行。不久，雪那含辛茹苦一生的妈妈，眼睛不再凌厉、言语也不再凌厉的妈妈也离雪而去了。她不能在失恋的同时，接受事业的坎坷和妈妈的永别。送走了妈妈的灵柩，她也病倒了。

就是那个冬天，雪好大的冬天，她与初恋的吉，和吉的现任妻子——珍，在疗养院相遇了。

三

那天，她照常为病友们订饭单，最后一个人走至小桌前。"珍，早饭，两碗粥，两碟小菜，两个酥饼；中饭……"且慢，这嗓音怎么有一脉隐隐的耳熟掠过她的直觉。雪，停住手中的笔，缓缓地抬起头，迎视她的，就是那双无限寂寞、无限复杂的眼睛。泪，是咸的涩的苦的，心，却在一瞬间，碎了。

吉，慢慢地伸出双手，托住雪颤抖的双肩，轻轻地示意她坐下。然后，用他那双无限复杂的眼睛直视着雪，直逼得雪热泪如注，闭上双眼。吉慢慢地问："你，还是自己？"雪点点头："对，天马行空。"这一刻，一如七年前那最后的一面，吉无言，雪也无言。

七年前的那一刻，雪没有想到吉的离去会在她的心里留下一个空位，她会从里到外拒绝理智，并拒绝每一个走近她身边的人。于是，她制造虚伪的爱情，编织献身事业的幻梦，故作潇洒，故作开朗，故作激动，也故作平静，故作轻松。当这些故作的虚伪的一切被击破时，她发现她整个人如空中的楼阁，坍塌是其必然的命运。现在，吉回来了，她那颗已流浪太久的心会因吉的回归而复位吗？

雪慢慢睁开眼睛，坐直了身子，开始认真地打量吉。吉依然瘦削，依然沉默，只是眉宇间增添了许多凄苦的味道，面带抑郁而显得过于老成，全不见当年那故作的洒脱。她幽幽地问道："七年了，你一向还好？""怎么说呢？也许你早已听说，也许你早已经料到，那本来就是一场悲剧，从一开始就注定了是场悲剧，却由我自己导演着上场了。悲剧该结束的时候，我却无法让它落幕。"说完，吉掏出叶子烟和烟纸，娴熟地卷了一支叼在嘴上，点着，深深地吸了一口，再闭上眼睛，缓缓地吐出一串模糊的句号。

一见到吉时,雪就已经心碎。那听来的,偷偷打听到的,明明知道就是事实,她却偏不相信。此刻听了吉的回答,看着吉因为抽黄烟熏得发黑发黄的手指,她仍不免浑身打了个冷战,犹如一股电流倏地电过她的全身。

雪一步一步地踱到窗前。今天的天,格外地阴沉,雪片斜斜地打在窗玻璃上,耳畔似能听见冷风嗖嗖地叫着。心头有如一块巨大的磐石移来,越发地沉重了。又如心灵被半空中的灵兽再次衔走,越发地空冥。

"听说,你们,已经有了一个孩子。"

"是的,女孩儿,两岁了,也叫雪。"

雪,雪,也叫雪,为什么也叫雪,冬天还嫌不够冷吧?雪只觉得,胸腔里的肺腑,又一下子给什么力量使劲儿地一揉,揉成一团了。好痛啊!

四

七年前,他就是在雪这样泪水横溢的时刻离开雪的,吉想。高考,像一条不可逾越的天堑,他爱雪,就只能离开雪。他理解了离开他的雪,也就理解了她那自私、冷酷、无情的妈妈。他想,如果他也考上了大学,如果雪最后一次还是扑向他,他也许会拉着雪的手一同去见她的母亲，哪怕是跪拜，哪怕是乞求，他都要拉着雪的手，再也不放她走。然而没有如果，一切的假设都没有出现，他只有放弃了初恋，放弃了雪。

高中毕业，他又复读了一年，仍然名落孙山，只好上技工学校混了两年，毕业后回到家乡的中学当一名不受重视的副科老师。就是在那极为失望、极为屈辱、极为尴尬的日子里，珍一步步走进了他的生活，他娶了那大他五岁，整整大他五岁的女人。

七年前，雪无声地走了，连一封信、一个字也没有留下。他没有勇气再爱她等待她，他以为今生今世已经没有机会，他娶了珍。七年后的今天，他送妻子来疗养时，却意外地遇上了雪，铭心刻骨的初恋就在眼前，他能抛弃珍吗？爱一个人，而终不能得，这人却就在身边，吉的心，在一点一点地渗血。

五

第二天，雪随吉来到珍的病房。虽然是一个地方长大，她和她却是第一次这样面对面地打量对方，第一次有意识地核实心中那勾画了多年却仍然模糊的形象。

珍半躺在病床上，苍白的圆脸上凸显着一双充满忧戚、沧桑而又坚忍的眼睛，那目光落在走进门来的雪和雪身后的吉身上，雪发现了,那目光有一瞬的惊奇闪过。

这,就是和女儿重名的"雪"了。这就是吉那个叫"雪"的同学了!珍听见心在低低地叫着。珍,一瞬间就已明白:吉,为什么一定要女儿叫"雪"。

雪进来了。珍庄重地点点头,微微地笑一下,艰难地把身子往里挪了挪,示意雪坐在她的旁边。然后,她把手轻轻地盖在雪的手上,说:"昨天晚上,吉跟我说遇上了一位同学。我说明天请她过来坐坐。"

"是呀,我也没想到,会在这儿遇上你们。怎么样,病好些了吗?"

"哎呀,也没什么大不了的。都是他咋呼,又是住院又是疗养的,连他的工作都耽误了。建筑公司秋天要的图纸,他从单位挪到家,从家挪到医院,又从医院背到疗养院,怕都要零碎了吧。"说着话,珍拍拍雪的手,摇摇头,无可奈何又幸福地笑笑。明明是乳腺癌,前不久刚割了一个乳房,为什么说没什么大病?明明笑都不敢大笑,挪挪身子都好艰难,又为什么一定要故作轻松?雪看得出珍的笑容里有一丝隐隐的极深的凄楚,分明是很勉强。抬眼看看吉,吉正皱着眉,抽那呛人的黄烟,散乱的疲倦的毫无温情的目光,透过缓缓升腾的烟雾,淡淡地落在雪搭在珍身上的手上。雪突然有了一种特别悲哀的感觉,有一种必须走掉的欲望。

雪拍拍珍的手,说:"你还应多多休息,我不便过多地打扰,改天再来看你吧!"她站起来,没看吉就走了。

雪走了以后,珍说:"我坐得好累。"吉就过来托起她的腿她的背,往床梢串一串,然后轻轻地放下她的腿,腾出一只手,把原来垫在珍后背的枕头放平,才放下珍的头。珍说:"还没有到睡觉的时候,你怎么给我垫这么矮的枕头?"吉觉得珍越来越难侍候,尤其今天显得事儿特别多。他想说什么终于没说,回身到自己的床上拿过枕头掂一掂,弄成个慢坡状,给珍垫上,然后,轻轻地拉过珍蹬到脚下的被子,给珍盖上。这一次,珍没有说话,只是用泪蒙蒙的眼睛苦苦地盯着吉,两只手尽量轻柔地揉捏着吉的手。吉知道,她想要个吻,她想要他一个吻,可是他没有,已经好久没有了。没有的东西,叫他怎么给得出呢?吉很艰难地摇摇头,两只手握住她的,用力地暖了暖。珍扭了头,放开他的手,闭上眼睛,大颗大颗的泪珠,已经涌出了眼眶。

珍,上过山,下过乡。1977年,国家恢复高考制度时,她正在生产队劳动。别人干活就是干活,休息就是休息,她不,揣着书本开荒,背着复习题下地,一天下来,浑身的骨头错了缝似的疼,她洗着脚还在看书。她不服她是面朝黄土背朝天的命。苍天不负有心人，她考中了，她是十里八乡的一只金凤凰啊！

毕业的时候，大学缺教员，她留校了。一个孤身女孩儿独身本就很艰难，一个有头脑有能力有知识而又很俏丽的女大学生不能不说是凤毛麟角，她的异地生涯就更平添了一分不容易。远离家乡远离亲人远离伙伴们，她太需要爱太渴望温暖了。同教研组的一个男教师向她发动了猛烈的感情进攻。她以为，他就是她命中注定的亚当了。就在她满怀喜悦，耐不住女性的羞涩，偷偷地准备嫁妆，向他献上一个女孩儿最后的温柔时，他却告诉她：他以前的女友来找他了，他们曾经同居过，他只能娶她。这不啻是一个惊雷，她痴了傻了。人生，在她刚刚起步的时候，就与她开了一个残忍的大玩笑。看着偷偷准备好的一切，她的胸腔仿佛一下子给掏空了。她欲哭无泪、欲笑不能，几度痛不欲生，几番撕心裂肺的折磨，她倦了麻木了，也平静了。毁掉那一切之后，她只想回家，回到父母的身边，像一只受尽残害的雏鹿急于偎在母亲的胸前，让那舐犊之情舔拭她那火辣辣的伤口……她以为这一次已经铭心刻骨，再也不会爱了。她怎么会料到，就在前面不远的地方，有一个叫吉的男人等着她，怎会料到还有一个叫雪的女人出现，怎会料到她会生一个叫"雪"的女儿呢？

自从那天见到雪，珍就有一种危机感，那是一种隐隐的怕被冲击、怕被侵略的危机感。她故意在雪的面前与吉亲亲热热，显得很幸福；而吉宁可在雪的背后面对她的暴躁，接受她的无名火，也绝不在雪的面前与她配合。她经常自觉不自觉地审视吉的眼睛、吉的表情。每一次吉从外面回来，她总喜欢仔细地看几眼，希望看出点什么的同时又希望什么也看不出来。

六

雪吃完午饭，从楼下拎两暖壶热水上楼，迎面遇上吉扶着珍从卫生间里出来。吉因为看见了雪，扶着珍的手猛地缩了一下，却被珍拽住了。珍的身体几乎全倚在吉的身前，仿佛小孩儿试图用自己的身体护住什么怕被别人抢去的东西。看着雪，她停住脚步，下意识地又往吉身上靠了靠，头向左倾，依偎在吉的右胸前，又似乎想掩盖什么，然后，嘴角微微地翘起，露出一丝虚伪的微笑，说："怎么好几天不来了呢？"珍边说边偏头看吉。雪也随她的目光看去，却发现那双眼睛正充满热情地望着自己。雪的心一下子被点燃了，烈火在她的两颊燃起绯红的霞，她的两眼灼灼地发热，眼里含着泪水。

珍发现吉的注意力并不在自己，她使劲儿地撞一下吉，吉猛醒，却没有收回那望出去的目光，只在瞬间迅速地将那专注与热情解散，依然是望着前面，却已是冷冷的淡淡的。雪的心好酸。她匆匆地看了一眼珍，说："我先把壶送回屋。"她急走几步，用臂肘撞开她虚掩的房门。透过玻璃射进来的阳光直刺她仍然灼热潮湿的眼睛，泪，不可遏止地涌了出来。

她想起，乍见吉时，吉虽然镇静，眼睛却发光发亮；刚才走廊上那专注的一瞬，她似能体会到吉那份无言无语的孤独。她又想起，头一次进珍的病房时珍那瞬间的惊奇，珍那总是很勉强的笑容，珍那故作的亲热和潜意识下流露的一连串不自然的动作，以及关于珍的种种不幸的传说。她又有些为珍悲哀了。她想，珍那病弱的躯体里跳动的必然是一颗千疮百孔的心！她同情珍，珍太不幸了。可自己呢？如果说七年前她和吉还都年少，都没有勇气跨越那道樊篱，已经是错，那么今天呢？旧的樊篱已破，天堑已经填平，人生又筑起新的樊篱，他们依然还是不能！天啊！珍和吉，毕竟共同生活了三四年，珍那么爱他，为他付出了那么多。那么，就只能是我再次放弃所爱吗？七年前那枚苦果，至今还哽在咽喉，时至今日却要再吞下一颗。七年前，知是错已经错，今天明知是错却必须再错！我……可是，珍会死吗？晕眩中，雪为自己突然冒出来的念头吓了一跳，她猛地惊醒了。

雪过来时，吉正给珍削梨。见雪过来，珍先递给雪一个说：

"雪,我以前见过你。春天,在省总医院门口。是不是?吉。"

"春天,他领我去看病。中午在省总医院门口,看见你匆匆走过。他指着你的背影,告诉我:那人是雪,我们班里的才女。那是我第一次看见你,虽然只是个背影。这一次,你一进屋,我就认出来了。"珍边说边端详身边这个"情敌",这个与女儿重名的女人。雪那漂亮的面孔、挺拔的身材、风衣轻扬的身影在自己面前如风一样掠过的感觉,好像相遇就在昨天,那情景又历历在目了。

雪潇洒地走了过去。吉呆呆地望着那越来越远的背影失神。吉喃喃地自言自语好半天,珍说为什么不叫住她。吉喃喃地答,不叫也罢。珍当时被猛刺了一下,心头的热血嘀嘀嗒嗒地滴落了。她不愿承认,也不愿相信,而吉那口吻分明是无奈分明是失落,那情景分明是怕被熟人看见他,特别是怕被崇拜的女人看见他的心理的自然流露!她万万没有想到,和她在一起,吉感到羞辱,吉不敢见人。没想到小自己五岁的吉,与自己生活了三四年的吉,心底里有这样的隐秘!曾几何时,这情景无时无刻不在折磨着珍,仿佛几年的无私奉献和给予都被玷污了。她珍惜吉爱吉,为了吉,她忍受了千辛万苦,却发现换来的爱并不完整。几年来,她一直与另一个女人共同拥有一份爱情,这让她受不了。吉,只能是她的。此时此地,再度与雪相遇,珍的心像被一只利爪攥碎了。泪,已在不知不觉中流了一脸，又流进嘴角。

也许是那凉丝丝的泪唤醒了珍的思绪，她突然意识到自己失态了，而她是不可以在雪的面前落泪失态的。她想刺伤雪却先刺伤了自己。她慌忙拽过床头的毛巾，擦擦满腮的泪，然后苦笑了一下，掩饰地说："真嫉妒，你的健康和漂亮。"

正说话间，护士小李风风火火地闯了进来，一进门就冲雪嚷："哎，你在这儿呐！快，张大夫叫你。你不是要买军大衣吗？"小李边拉着雪走，还边回头看着珍逗笑："你在这儿，干啥？碍事不拉的，耽误了人家两口子亲热。嘻嘻，你没见呢，人家刚来那阵儿。你猜怎么着？嫂子嫌脚冷，吉老哥解开自己的衣服扣，给嫂子焐脚。那亲热劲儿呀，馋死新婚夫妇！"小李说着，拥着雪一溜风出了门。

雪被她推出了门，边走边问："真的？"

"当然了。骗你，这么大的个儿。"小李边说边伸出小手指头比画，说不出的什么滋味涌上了雪的心头。

七

屋里，一下子静极了。小李一通嚷嚷完，她自己痛快了，全不知道这屋里的珍已经是心潮起伏：几年来的温柔，几年来的遭遇，

城里城外

谁曾想到造化弄人?

技校毕业,父母费了好大的劲儿打通关节留吉在中学当了一名老师。可是,学生们不信任他,家长们瞧不起他,同事们变着法地挤对他,只有珍信任他爱他。她,俊俏能干,有一双温柔漂亮的大眼睛,嘴角翘翘的,总带着些笑意。她蛮开朗,也蛮热情,只是偶尔会微蹙着双眉。"珍姐,我什么时候才能跳出那个深渊呢?"也许珍姐能帮上忙,她是一个好人。有一天吉突然这样想。

复习开始了,紧张而又忙碌。有了珍的悉心辅导和陪伴,三个月很快过去了,两个人像一双姐弟、一对好朋友。

后来一个月,吉为了多挤出点时间,索性住校复习,中午晚上两顿饭,都是吉买回办公室,两人边休息边吃饭。一天复习结束,吉再把珍送回家,好在珍的家离学校不太远。

平静的日子就在手指间悄悄地滑过,不平静的日子过起来却好艰难。快考试了,珍病了。一天两天,十天八天,整整半个月,珍没来。吉心急如焚,真想冲到她家去看看,可他不能。学校里关于他俩的流言已经沸沸扬扬,他却不知道。珍正是由于这些流言蜚语才病倒的。

半个月过去,珍上班了。人瘦了一圈,见了吉,总是躲着。如果说以前吉没有想过他和珍之间的关系和感情,那么这半个月的风风雨雨中,吉想了,爱,有什么错?大五岁,又算什么?珍,已经被伤害过一次,我不能再度让她绝望,我要告诉她:我爱她,我要她,我已经不能离开她!吉寻找一切可以和珍谈话的机会……后来,吉想:悲剧,也许就是从那次谈话开始拉开序幕的吧。

他们根本不曾料到,他们的关系一经确立,一经公开,会引起那么大的轰动:学校一片哗然,社会一片哗然,双方的家庭全乱了。一切,都容不得细想;一切,都容不得准备;一切,都容不得从长计议。他们,就在一片哗然中结婚了。没有亲人没有朋友,没有彩灯没有喜宴,甚至连一块喜糖也没有,洞房花烛夜,他们抱头痛哭了一宿。

婚后不久,珍借了3000多元外债送吉上自费大学去了。吉到现在也想象不出,在没有双亲的帮助、没一个朋友过问的情况下,珍是怎么挺过来的。两年半以后,当他捧着毕业证书回来实习时,女儿已经快两岁了,3000多元的外债还得还剩不到1000元。珍,没有抱怨痛苦,也没有哭诉艰难,只是经常在女儿睡熟以后,把自己的耳朵紧紧地贴在丈夫胸前,听他那砰砰作响的心跳,喜欢在黑暗中用她那粗糙的手抚摸丈夫那张仍然年轻俊逸的脸。珍,不到三十岁,却明显地老了,圆脸上已经没有了红润,而是过早地爬满了皱纹;在生产队练就的棒体格也垮了,变得瘦小枯干。吉被她深深地感动了。搂着她瘦弱的身躯,他感觉自己的心在流血,这一刻,他真想跪在她的脚下,叫她一声"妈妈"。

体贴,他原来都是假戏真做,他不爱我,他爱的是另一个女人,好残酷哇!珍整理一下思绪,平静一下心情,然后冷冷地一字一句地说:"过了这好几年,不知道你还有做戏的本事。走到哪儿演到哪儿,学校老师,街坊邻居,这又加上医院的大夫护士,谁不说我有福,女儿有福,你是贤夫,又是良父。好一个贤夫良父!可谁知道你这顶贤夫良父的桂冠是我用了多大的代价换来的!你倒是演啊!为什么一到她面前,你就不演了,一看见她,你就演不下去了,就傻了呆了,就连魂也没有了,连话也听不见了!为什么?在她面前,对我一点也不亲热。你怕她伤心,是吗?为什么让我的女儿叫雪,你爱她忘不了她,是吗?你爱她为什么娶我?你爱她为什么不干脆跟我离婚?为什么?为什么?为什么?"

珍先前还冷笑,还平静,可越说越生气,越说越激动,越控制不住自己,落泪,出汗,泣不成声,终于手捂着左胸的伤口剧烈地咳起来。吉急忙过来,俯身轻轻地捶打珍的后背,低低地说:"你这是何苦?明知自己有病。"珍已无力挣扎,无力回答。她无力地躺倒在床上。

吉轻轻地给珍擦嘴角的唾液、额头的汗和满脸的泪,轻轻地捶打着珍的后背。他默默地端详起这张涨红的脸、微闭的眼、剧烈起伏的极不协调的前胸。不知道什么时候堆垒的皱纹,不知道什么时候变得发松发青发抖的眼睑和眼睑里那一双不再温柔、不再神采飞扬的眼睛,越来越暴躁的脾气,越来越骄横的态度。吉不忍再直视。他疲倦地闭上了眼睛。

八

老人的偏见和高考造成的差距,就像瑶池王母手里的那枚神钗,就那么轻轻地一划已是一条不可跨越泗渡的银河,把他和雪远远地隔开了,把他神圣的初恋硬生生地拗断了。原以为今生今世不会再见她,今生今世永无消息。

想到此,吉睁开眼睛,看看珍。珍仍然闭着眼睛,任由源源不断的泪浸透了枕巾。吉的思绪又回到了一年以前:他毕业回来后,就调离了学校,到县基建工程公司当了技术员,与过去的一切断绝了来往。他努力地工作,努力地探索,心底里总在鼓励自己努力些再努力些,多做出点成绩。在潜意识里,他总想向谁证明:没有考上统招的大学,一样可以成才。不到一年,他设计了十几项大型建筑项目。他常想:也许用不了太久,触目的建筑中将有不少是他的杰作。办公大楼的设计方案还在全省的比赛中获奖了。他曾想:不知道这消息能不能传得远一些、更广一点，让那个人也知道。

另外，他努力地学习做家务，努力地亲近雪儿，因为他欠珍太多太多。他把工作之余的时间都放在家里了。他试图用他的一切努力来弥补两年多的失职，用他辛苦的汗水来换得珍那会心的微笑。他给珍买时髦的衣服、高级化妆品，耐心地给珍讲单位发生的趣事。他自己却越发地不修边幅，努力与珍保持一份协调，然而一切都于事无补。珍还是继续地老下去，并且疾病缠身。毫不夸张地说，她的病就像在兜里揣着一样，嘴里叫了一声"哎哟"，头上、身上就是接连不断的冷汗，然后就瘫倒下去。到今年春天，她的病情更重了，医生说乳房里发现肿瘤，怕是乳腺癌。他没敢告诉她，只说需要去省城确认一下。

就是在省城总医院的门口，他看见了雪——走入他心灵的第一个女人。他的心怦怦猛跳起来。这一刻，他简直怀疑，他的心是不是已经好久没有跳过了。他从没有对珍提起过过去，那天他第一次莫名其妙地告诉珍，那人是雪。事后他想，那一天，他一定很失态，珍一定很伤心。可是从那天起，他似乎从一个好沉好长的梦中惊醒。从那天起，他怕看见中学的同学，怕别人询问他的家庭，怕珍与他一同上街，怕见成双成对的情侣、夫妻。他从不领朋友回家，他们家也很少有客人来。同事和领导都说："怎么搞的？

二十五六岁的年轻人,老气横秋的,没有一点朝气。"在生活重压下,他没有狂热、没有激情、没有兴趣爱好、没有幽默、没有玩笑,也没有别人有的种种快乐。他沉默、老成、持重,可又有谁理解个中原因呢!自从春天见了雪,他的沉默变成痛苦的忍耐,寂寞变成孤独,压抑变成窒息。这半年多来,珍的身体越来越差,脾气越来越暴躁,动不动就骂孩子、莫名其妙地发火,他都默默地接受了。他承认,见了雪以后,他整个人都变了,对珍的感情也变了。他明知道珍想要什么,可他已经没有了,他给不出。虽然已经不爱,但他不会背叛妻子,不会推卸一个丈夫应负的责任、一个父亲应尽的义务。他会尽力维持一个完整的家庭。

为了送珍来疗养,为了给雪儿找一个妥当的地方,三年来他第一次领雪儿踏进父母的家门。其实父母早已原谅他了,只是不肯放下为人父母的尊严,一定要等他先来上门。他更不知道,会在疗养院与雪相遇。雪,依然漂亮,依然优雅,依然挺拔。更重要的是,雪依然独身,并未因他结婚而鄙弃他,依然爱他。一边是无理、粗暴、病弱的老妻,一边是漂亮动人的旧日恋人;一边是百般挑剔,一边是温婉解意;一边是要他还债一样地劳作,一边是柔情脉脉地珍惜和给予。他的心,被无情地碾碎了,被生活抽空了。他被抽成了一个网状的空壳!

城里城外

九

　　吉已经连一个轻轻的吻也不肯给她了。珍觉得，她的心，又一次被撕碎了。就是那么一下一下、一丝一丝、一点一点地给撕碎了。为了这人生，我几乎付出了整个生命，可人生又给予我什么呢？一次铭心刻骨而失败的爱情，一次被动而失败的婚姻。一想到这儿，珍的心就翻江倒海般地、像打碎了五味瓶般的痛楚。这痛楚，就像血淋淋的伤口上撒了一把大粒盐一般的剧痛。似乎一切都在暗示她，吉已经不爱她，或者可以更严酷地说：吉从来就没有真正地爱过她。当时，只不过是少年吉的一时冲动，只不过是年轻人的热血沸腾，只不过是初恋失败的替补！现在已经明白，可明白得太晚了。不想把他拴在她的病榻旁，也不想把他留在过去的年轮上，但只要吉有勇气对她说"珍，我已经不爱你了"，或直截了当地说"珍，我们离婚吧"，她都可以放他走，什么也不说就放他走。可他不，他偏不说，他就那么沉重地叹息，就那么呆呆地沉默，就那么无言无语，就那么忍受她的暴躁她的吵闹，就那么忍受着感情的煎熬。她也就没有勇气放弃这一切，哪怕只是表面上的一份和谐。她不能没有丈夫，女儿不能没有父亲。他们不再年轻，已经没有勇气再制造一次轰动。他不说不爱，也不说离婚，也不肯哪怕是虚伪地对她耳语一句："我爱你，珍。"他不肯给她一个会意的眼神、一个微笑，甚至不肯给她一个敷衍的吻。他面对她，就如面对一座泥塑的观音，按时供奉香烛。她不稀罕的、朋友能给的、女儿能给的，他都给了；而她要的，他却一点一滴也不给。泪，就这样一次次蓄满眼窝，一次次流出来，再一滴滴滴在脑后的枕巾上……

突然，珍猛地从床上坐起，满脸泪痕地仰起脸，大叫一声："吉，给我剥橘子！"

吉猛地从床边上站起来，不解地望着珍。

"你在愣什么？给我剥橘子呀！"珍大叫。

"好，你先躺下，我给你剥橘子。"吉打开床头柜，拿出几个橘子迅速地剥着。橘子剥好了，珍又叫起来："不，我要吃苹果！""好好好，你先躺下，我这就给你削苹果。"吉放下快剥好的橘子，又弯腰去柜里拿苹果。

就这样，吉一点儿反抗也没有，一点儿辩驳也没有，一点儿火气也没有。珍又一次把自己摔倒在床上。伤口很疼，她的心却比伤口疼一千倍一万倍。她在心里狂叫着："吉，你为什么不反抗，为什么不发火啊！为什么？"眼里流出来的是泪，心里流出的却是血，鲜红鲜红的血……

十

其实，雪早已经回来了。她回来取她刚才给珍擦泪用的手绢，可是虚掩的门缝和珍的哭喊，暴露了发生在屋里的一切。

雪的心好似破碎了一般，泪不自觉中已横溢两腮。她压抑着心痛无声地抽泣，轻轻地挪着脚步，挪回自己的病房，一下子扑倒在床上，失声痛哭。她虽然早就知道吉的生活好累，吉好痛苦好寂寞好孤独，却万万没料到他生活得如此没有性格、没有热情、没有自我。七年了，她没有这样痛快地哭过，今天的泪水，冲决了理智冷静的闸门。

雪，病了。

十一

吉压抑不住那颗向往的心，经不住那份感情的一次次冲击，他彷徨了好几天，决定去看看雪。

雪望着吉的脸，百感交集，一句话也说不出来。泪的雾，凝成珠，一颗一颗地掉下来。吉就坐在她的身边，痛苦地复杂地凝视着她。雪默默地伸出白皙的手臂，搂住吉的头，哽咽着说："吉，七年了，我多么希望你过得快乐幸福呀！可是……"吉也一把抱住雪,轻轻地拍着雪的脊背,心疼地喃喃叫着:"雪,雪,雪,我又何尝不是这样祝福你呢!"雪仰起头,泪眼婆娑地望着吉那无限爱怜的眼睛。吉慢慢地低下头,把雪脸上的泪一点一点地吮吸干净,一点一点把唇移向雪的唇,四片滚烫滚烫的唇两次相吻,吻在七年前和七年后……

雪走了,雪走的时候,没有与珍告别。雪有一种犯罪感,一种侵犯了珍、偷了珍什么东西的犯罪感,她怕看见珍那勉强带笑的眼睛和嘴角。然而,雪不后悔。

雪走的时候,连吉也不知道。

十二

天,蒙蒙亮。

车猛地一顿,雪从沉醉中惊醒,十年的时光,如过眼的烟云,已倏忽而过。两年前,珍去了,永远地去了。两年后的今天是中秋节,今天的月亮该是最圆的,可是车却停在黎明的雨中。

两年前,雪从故乡回来,就努力地想忘掉吉、忘掉过去,连同故乡的一切都锁进记忆。一年前,她接受了靖。

靖,不见得完美,但靖是个守信的人。一年前,她已把一切都告诉了他,告诉他:不可以逼她,她仍然需要时间想想清楚。他就再也没有勉强她加快她那缓慢的脚步。

因为快到中秋,靖昨天打来电话:"明天,中秋,去吗?"她握着电话,心头一阵颤抖:明天又是中秋,好快啊!两年。明天,真的去他家?不,我还不能下定决心此生跟着靖走。是的,靖没有什么不好;是的,她已经29岁;是的,她曾经答应靖,而且靖已等足一年。大概是那边的靖好半天没有听见雪的回答,有些着急:"雪,你怎么不说话?"雪歉疚地说:"靖,求你不要逼我,让我想想,好吗?"

"我逼你?我什么时候逼过你?我从来就不敢逼你。一年前,你告诉我,不要逼你,给你时间,你要想想清楚。一年过去了,今天你还说不要逼你,你要想想清楚。"靖顿了一下,说,"雪,原谅我,今天情绪不好。中午吃饭,我等你。"说完他"吧嗒"把电话撂了。雪望望发出嗡嗡忙音的话筒,茫然地放下。

又是两年过去了,她终究不能忘掉吉以及吉那双眼睛,不能忘掉那个有吉有珍有风有雨有雷鸣有她自己的噩梦。她明白靖的感情,可越是这样,她就越不能草率地去他家,她不能在她没有忘掉吉,没有决心爱靖一生一世的时候就跟着靖走。

此刻,雪坐在车上,想着,昨天中午,靖一定按惯例去陪自己吃午饭。当他推不开雪那扇宿舍门时,靖一定会发现那个夹在门缝间的字条:"我已是一座冰城,你不能敲开我的心门,就让我伫立雪原中,我愿远远地看嵌刻着你的风景和你那永远也走不出我视线的背影。真诚地说一声:谢谢你。"没有抬头,也没有落款,但他会明白的,雪想。揉一揉紧绷绷的脸,趁旅客们还没有起来,她去卫生间洗脸。镜中的雪,一脸憔悴,布满血丝的双眼深陷在红肿的眼眶内,她用毛巾蘸着热水敷了敷,然后擦上点雪花膏,又扑上一层粉,坐回窗前的边座上。两年,她没有回故乡,可故乡的音讯始终未断。她听说:自从珍死了以后,吉真的一心扑在工作上了,已经得了好几个市级省级的大奖,今年年初,吉被破格晋升为工程师,现正动意任命他为技术科科长。她听说:已经六岁的雪儿很懂事,会给爸爸煮稀饭、煮面条,卷那种呛人的黄烟,甚至还会对给吉提亲的人说:我爸爸说了,他只爱妈妈;妈妈死了就只爱雪儿和工作。她还听说:尽管两亲家互不上门,但对吉和雪儿却都很好,尤其珍娘家的姊妹对吉和雪儿给予了很多的照顾和帮助。

雪的心里酸酸的,涌上眼眶的总是热泪,逼出胸腔的总是热血。雪泪眼蒙蒙地望着列车窗外的连绵秋雨。寂寞的是秋天的田野,光秃秃的黑土地,凋敝的花草和树丛,孤独的河流在窗前断断续续、时隐时现,落寞与孤傲的小岛一齐飘浮,最痛苦最凄楚的却是心之流域。

十三

雪想起两年前那次回乡——

疗养院里,她悄悄地走了,两年里,她无时无刻不思念吉和珍。珍的病怕是难好了,只是吉更是艰难,空怀一腔牵挂,又能怎样呢?有时她真想问:珍,你还要挣扎多久?也许她去了,一切都会顺理成章,一切都会好起来。她不会嫌弃雪儿。雪儿虽然不是她的骨肉,可雪儿的身上寄托了吉对她的满怀情愫。她想,我也许会像爱自己的孩子一样爱雪儿吧。

两年前那次,她不知道故乡有什么变故发生,只是几天里心烦意乱。就有那么一天,雪收到一封来信,端详信封上那稚嫩的字迹,她以为是她的小报迷。打开来看才知道是那个叫"雪儿"的四岁小女孩儿写来的,歪歪扭扭的字溢漾着满纸悲哀和凄凉:"你是雪姨吗?妈妈说好想你。你能来看看她吗?她老说她要死了。"

看着雪儿的信,仿佛有一种亲情从雪的肺腑间涌出,泪模糊了雪的眼睛:雪儿,雪儿,你是个什么样的小女孩儿呢?泪,从指缝间流出来,流进袖筒,她一任那抑制不住的泪水恣意流淌!两年了,她似乎是在绝望中等了两年,她在默默地等一个人,等一个人的妻子死掉。而当她期待的结局真的要出现时,却又有一种可怖的失落感降临，有一份破除枷锁、骤然被解脱的快乐，同时又有一种无法言状的痛苦。去，还是不去？当然要去，她却说不明白为什么当然要去。

雪去的时候，珍已病得脱相。看到雪来，泪从珍干涸的眼眶中慢慢地溢上来。她用两只冰冷的野鹰爪一样枯瘦的手死死地抓着雪两只温软的手，平平静静地说："但愿我这副样子，没有吓着你。雪，两年了，两年前，我就想与你谈谈。你不辞而别，我更加明白。后来，吉把一切都告诉了我。今天你能来，我很高兴，你，毕竟与别的女人不同。我想告诉你，我并不恨你，真的不恨。什么都可能是假的，但这一点是真的。雪，你信吗？"

雪坐在珍的身边，默默地看着珍，点点头，流泪了。

"我很了解你，你也很了解我。我的32年人生，很不幸，不是吗？两年前，我说过，我好嫉妒你，那是真的，可人生难得一知己，我为遇到你这样一个人而高兴。你信吗？"

雪流着泪，点了点头。

"其实，咱们三个人心里都明白。也许我明白得太晚，但从我第一次看见你，我就知道了，可已经太晚了，我不甘心。我为他付出得太多了，也许是积重难返那句话吧。"

说到这儿，珍抬眼看看站在另一边的吉，接着说："我也曾想过成全你，可是太多太多的原因，我做不到，我不能没有他。"说到这儿，珍的泪像涌泉一样流泻下来。雪掏出手绢，为珍擦拭着，她自己的泪却打在刚刚擦过的珍的脸上。雪说："珍，我不否认中学时我爱过他，可那一切早已经过去。两年前的重逢，只不过是偶然相遇。看到你们那么幸福，我也很高兴，虽然心里酸酸的，但我不得不承认，你比我伟大。"

"雪，不要对我说违心的话。女人的心，同样敏感，尤其你和我。但是我爱他，我不能没有他。除了他，我一无所有，你懂吗？我一无所有，请你原谅，把他留给我。"雪不能理解珍对爱的理解。没有爱，为什么还要？明明知道他已经不爱，为什么至死还不还他自由？你说你没有了他，你便一无所有。但是，你纵然留住他一具没有心没有感情没有爱的外壳，又能怎样呢？那也能算作一种拥有吗？

但是，雪能体会到珍对感情的需要和渴望。她流着泪，真诚地俯身在珍的脸上吻了一下。

十四

珍的最后一刻是在家里度过的。一个大雨滂沱的子夜，电闪雷鸣。雪儿早已被送到奶奶家，雪一直没有见到那个与自己重名的想念了很久的孩子。此时，只有雪和吉守着珍。有人说，人在死前的最后一刻，往往是最清醒的。珍一直不肯让雪离开，一直紧紧地拉着雪的手。这时，珍再一次睁开眼睛，泪眼蒙蒙地望着吉，泪水在无言的凝视中无声地淌下去。

吉的心，被震撼了。这，就是自己的妻子自己的女人。结婚五载，前二年聚少离多，后两年她又备受病痛和感情的双重煎熬。此时，她就要永远地别我而去，留下一个乖巧的女儿和一个印满了她的指痕的家庭，还有一张大专毕业证，蓄满她的艰辛和泪水的大专毕业证。可我又给予了她什么呢？吉转身打开箱子，取出那个烫金封皮的毕业证书，捧给珍看。珍艰难地牵动了嘴角，算是笑笑。吉把毕业证放在珍的枕边。雪想挣脱珍的手，可珍向她摇了摇头，雪又重新坐下。吉的眼里满是泪水，毕竟夫妻五年，毕竟是珍在他最尴尬最屈辱最困难的时候，给了他一双手一颗心，用一腔热情支持了他。吉泪眼蒙蒙地望着珍，仿佛又看见当年流着泪答应他的求婚时的珍。他软软地在床边跪下去，用两只手抱住珍的头，喃喃地说："珍，我爱你！求你不要离开我……"

"你，爱我？"

"爱你！"

城里城外

"永远爱我？"

"永远爱你！"

"噢，这是一句咒语。"珍长长地呼出一口气，看一眼雪，松开手，闭上了眼睛，眼角又挤出了几滴泪。

雪的心头一凛，珍最后那一眼好亮好寒啊！似有一丝狡黠倏地闪过，又似无言地嘲笑她：枉你自作多情。这时吉已从地上站起，看着珍安详睡去的样子，泪"吧嗒吧嗒"地砸在地上。一道闪电划过，雪的胸腔，空了。

珍死了。吉家的小院里站满了人，有吉和珍的父母姊妹、亲戚朋友和单位的同事。其中也有些雪似曾相识的面孔，屋里屋外显得很拥挤。雪不知道，自己为什么还留在这儿。

人们用一种怪怪的眼光看雪，斜着身子嘀嘀咕咕："她是谁？咱们怎么不认识？"也有人说："我好像在哪见过。得了，不知道怎么回事，可别胡说。"最让雪讨厌的是珍的亲戚。他们一齐围住吉："你说，她，是怎么回事？你跟她是什么关系？我问你，珍到底是怎么死的？是不是你们合伙把她气死的？说，不然就棒死你个王八羔子！早就说他不是什么好东西，狼心狗肺！"

吉木木的。他的心已被这几天的变故搅乱了。

他没有力气与他们争辩，指着珍的棺材说："你们去问她吧，是她叫她来的。"

"空口无凭。"人们一齐嚷着。

雪原是冷冷地看这些人,现在火焰已燎到她的眉毛。她忽然心一定,一步一步走到近前,一字一句地说:"珍,是你们的女儿,是你们的姐妹,是你们的街坊邻居,是你们的同事。她结婚五年了,你们没有看过她一次。珍的女儿四岁了,你们没有抱过一次。珍送吉上大学借了3000多元,你们谁帮助过她一分钱?珍病了近三年,住了好几次院,你们有谁过问过一次?现在,你们有什么权力质问我?"

说完,她掏出雪儿写的那封信,扔在地上,人们一窝蜂地拥上去。雪看看吉,吉正用他独有的那双痛苦的寂寞的复杂的眼睛望着她,他知道她要走了,却不知道她会不会再来。

雪说:"你要节哀顺变,好自为之。"

他默默地点点头,问:"你,还会来吗?"

"不知道。"雪说。

雪踏着中秋的泥泞,一步一步地走了。

十五

两年前,雪是空空地走;今天,雪又空空地来。窗外的雨似乎

城里城外

没有停过,列车单调地"咣当咣当"行进着。车厢里,几位侃爷喧哗着,夹杂着烟民们的吞云吐雾。

雪听着车厢内人们的喧哗,眼睛始终望着窗外。

"同志,请问您到什么地方?"一个男人不识趣地来问雪。雪正没有好心情,轻轻地回道:"关你什么事?"回头看了一眼,那是个长相温和但并不讨厌的面孔,雪的脸又扭向窗外。

"是这样。我第一次坐这趟车,想去林口请教一位工程师,苦于不知路,向您打听一下。"

"你不知道地址吗?"

"知道知道,只是不知道怎么找。"

"很遗憾,我也不常来。"说完,雪再次望向窗外。不会也是去找吉吧?雪想。

离故乡越近,离吉也越近。雪却慌慌的,心里反而有一种越来越远的感觉。

下车的时候,雨不知什么时候停了,头上是灰蒙蒙的天空,脚下是湿漉漉的土地,一如两年前一样泥泞。雪随便走进一家旅店住下,经过漫长的旅途,她很累。

从疲惫中醒来时,朦胧的月亮放出淡淡的光辉,照在她困倦的身上。今天是中秋,她独卧故乡旅店的床榻,反复咀嚼着"月是故乡明"这句诗,却有一种无异于"独在异乡为异客"的感伤。吉会知道我来吗？走在路上,雪自问：我从哪里来,要到哪里去？我为什么要来,为谁而来？我为什么要去,为谁而去？

十六

吉的家里,吉一个人坐在院里抽黄烟。一个小桌旁,摆着两个小凳子,吉坐了一个,还有一个空着。雪怀疑吉有先知先觉,似乎已等了她许久。桌上摆着一包月饼,两瓶红酒,两只高脚杯。

有人进来,是雪。吉猛地抬起头来,一种闪电一般明亮的光从吉的双眼闪过,剩下的是淡漠。吉无言地望着雪,雪就那样无语地站在院门口。吉慢慢地说："雪,你来了！很辛苦吧？快来坐下。今天中秋,我们不要说话,我们喝酒。"

在雪的注视下,吉打开月饼包,启开红酒瓶,斟满两只高脚杯,先递给雪一杯,自己端了另一杯。雪很诧异,好像有什么不对,有什么意外要发生。吉摆摆另一只手,开口说："雪,喝酒。"酒,喝了一杯又一杯,雪几次要说话,都被吉用手势制止了,直到喝干一瓶红酒。雪知道吉没有多少酒量。吉又启开了另一瓶,斟上酒,放下酒瓶,带了醉意的眼神望雪："雪,不要说话。"

"可……"

城里城外

"听我说,好吗?"吉说,"我知道我醉了,可我心里明白,所谓酒后吐真言吧。雪,我对不起珍,同样,也对不起你。太多太多的原因,我们今生今世没有机会没有缘分。我预料到你会来,我知道你想说什么,我知道你为了我。可是雪,我的心已经死了,已经不会感受爱情。你脱俗,你雅致,你纯情主义。雪,你能喜欢一个没有心没有肺腑没有感情的网状空壳吗?而且我有孩子,有一份摆脱不开放不下的工作,有一份世俗欲念。我不可能离开这儿跟你走,而你也不能撇下你的生活圈子回到这里来。这里的吐沫就能淹死你,更不可能有一个世外桃源等着我们。我们是人,是微不足道的凡人。珍死后的情景你都看见了,我没有勇气再制造一次轰动。一次恋爱让我心碎,一次婚姻令我人碎……雪,我已制造了两次哗然,我不能制造第三次震惊。太多太多的枷锁,我没有力量挣脱,我只是个凡夫俗子。还是那句话,这个结局也许你早已料到。悲剧开始时,就已注定它无法落幕。"

吉继续自言自语道:"珍死后,我想起她太多的好处。生前我没有好好地珍爱她,死后,我却觉得她一天比一天可爱。我相信,没有哪一个女人能像她那样真诚地爱一个男人。我记得她的咒语,我无法背叛她。她家待我们很好,这两年给予我们太多的照顾。而且她父母想把珍的妹妹蕙嫁给我,他们说……"

雪打断吉的话，问："但是，你爱她吗？"

"什么叫爱？雪，我已经没有了心，还怎么懂得爱，还怎么感知爱，还怎么去爱呢？"吉摇了摇头，充血的眼睛苦恼地望着雪，他真的醉了。

"爱，什么叫爱？太多的生活里可能都没有爱。爱的，不一定能结合在一起，而结合在一起的不一定就是爱的。我结两次婚，都不是我爱的。爱的，到头来，又怎么样呢？"他喃喃着，摇摇头伸手去抓酒瓶，却把酒瓶碰倒了，头猛地磕在桌边上。雪觉得有一缕寒意、一缕凉气从脊背升起，心跳仿佛一下子停止了。她呆呆地看着流出的红酒泡湿了月饼，月饼渐渐地膨胀，涨成一张张圆圆的面孔，泡涨，泡涨，再泡涨，直到月饼皮被泡飞，剩下满目疮痍的月饼芯。雪感觉，那就像她那颗千疮百孔的心脏。

酒瓶流空了，雪的血也流尽了，她的大脑空空的，一刹那，什么都没有了，连脚步也是飘飘的。她像一个破旧的粮囤子，被人们抛弃在连寂寞的月光也罕至的雪野里了。

十七

吉又要结婚了。自己深爱吉，爱了十几年，而吉结两次婚都不是娶她。她想，我该走了。一挪腿，碰倒了刚才坐的凳子，响声惊醒了吉。

吉站起来,望着雪,用那双无限痛楚、无限寂寞、无限复杂的眼睛,那样动情地凝视着雪。

雪苦苦地笑了下,转过身要走。这时,身后的大门响了。淡淡的月光下,一个年轻的珍,牵着一个五六岁的小女孩儿的手,小女孩俨然幼年的珍。雪想,她就是雪儿吗?她不该叫雪儿,应该叫珍儿。雪望着雪儿,她不能亲这个孩子,虽然她想念了这个孩子这么多年,可这个孩子是不会知道的。

晚了,太晚了。

雪听见一声悠长的叹息,沉沉的……

(此小说与刘金梅合作)

风中有雨

第一章

微风过后，天空飘起蒙蒙细雨。

一辆出租车好不容易穿过被车流挤得水泄不通的马路。出租车上，坐在司机身旁的是位三十七八岁的女人，她叫董铭，虽然有些憔悴，但年轻时的姿容还没有完全被岁月抹去，俏丽的容颜依然相当迷人。

今天，她将公开自己作为林阳县县长情人的身份，并同另外两个女人一起把乔莫非告上法庭，将他的种种罪恶大白于天下，一举扳倒这个官场上的败类。

虽然做了足够的准备，但董铭还是有些难以按捺自己紧张的情绪。她向不远处那幢威严耸立的高大建筑张望着，似乎是在企盼这个代表公平和正义的地方能给她一个小小的安慰。

这幢耸立着的雄伟建筑，就是察哈尔市中级人民法院。这里将要审理一个特殊的案件。作为第一原告，董铭今天的使命沉甸甸地压着她的心头，她命令自己镇静，一定要镇静！

董铭捏紧了拳头，似乎在给自己打气，但她的心中依然隐隐作痛。

手机响了，是李萌的电话，她赶紧摁了一下接听键后说："李萌，我快到了。"

"好，我们三个要一起在法院的门口照张相片，留个纪念。"

"这个……"

"难道你认为没有意义吗？这可是个激动人心的日子啊！"

"那不得吸引多少人的目光？"

李萌的声音带着几分兴奋："我们要的不就是这个效果吗？我们既然敢捅，就不怕把天捅破。到时候一定会有记者要问我们这个那个，我们一定要抱着平静的心态做好回答。"

董铭突然问："金心是什么意思？"

"你放心吧，这个小丫头就等着今天出风头呢。"

董铭叹息一声。小丫头出风头可以理解，可她却是快四十岁的人了。

车在路边停了下来。司机说："车开不过去了。你还是下车走过去吧。"

"好的。"董铭掏出钱准备付车费。

"听说今天有三个女人在这里控告林阳县的乔县长，而这三个女人都是乔县长的情人。"

董铭看着司机的眼睛。明天她就要成为全市百姓热议的新闻人物了，还将是省内外关注的对象。这个司机届时看了发布的消息后，就会知道在这个早晨的乘客中，有一个是这个案件三个原告中的第一原告。

董铭友善地对出租车司机说："你说得没错，注意看今天晚上的全省电视新闻和明天的报纸吧。"

董铭把钱放在座位上，关了车门，她看到司机一脸惊愕。董铭整理了一下很少着身的职业装，向那幢威严的建筑走去。

第二章

李萌是个年轻又漂亮的女人，二十七八岁的年纪，正是果实饱满的人生季节。作为县长的情人，她有着得天独厚的条件，离婚、美丽、聪明又善解人意，开朗大方又有几分艺术气质。此刻，她正非常舒服地坐在何振飞新的宝马车里听着轻快的音乐，这是何振飞为了缓解她的心情故意放给她听的，但她的心情本来就够轻松。她感激何振飞的细腻，也感受着他的爱心，但她更感激的是何振飞的宽容和他疾恶如仇的个性。

起初，李萌还担心自己这样的举动会让何振飞远离自己，但何振飞对自己鼎力支持，让她深受感动，这也是她接受这个男人并与他进一步来往的理由。她的态度是坚定的，尽管这样一来她有可能成为众矢之的，甚至还有可能给自己身上涂上永远难以洗去的污秽，但如果没有男人理解她的行为，她宁肯不再找男人。她还没有不自信过：离过一次婚，又给乔莫非当了两年情人；她还不到三十岁，漂亮的容颜一点也没有消退。

何振飞在林阳县也是个有头有脸的老板，社会关系比较复杂，不知为什么，他对当过乔莫非情人的李萌却抱着特别宽容的态度。李萌有着丰富的感情经历，但这也是一个女人的资本和迷人的地方。男人不会拒绝美丽，尤其是有着自己个性的美丽。看着人群和车流，何振飞开口说："今天林阳的干部可能来了不少啊！"

"你怎么知道？"李萌微笑着问。

"你看这些车，净是林阳的牌子。"

"我看的倒是路上的人，他们好像都是从长途汽车站打出租车过来的，又都是向法院的方向走去。"李萌说着，掉过头看了何振飞一眼，她突然产生了一股依赖之情，"法庭调查一定会需要很长时间，我们当然已经做好了充分的准备。你还有什么对我交代的吗？"

何振飞把手搭在李萌的肩膀上，鼓励着说："你不要怕，什么也不要怕，已经这样了，就抱着一股敢把皇帝拉下马的信心和勇气。我跟你说了几次了，不管你怎么样，我都爱你。当过县长的情人，并不是大逆不道。你能这样做，并把这个腐败分子告倒，这本身就说明你不是一般的女人。遇到一个不一般的女人是我的幸运。"

李萌轻轻地靠了一下何振飞的肩膀："等这些事情结束，我就和你结婚。但今后不许再提我过去的事了。"

何振飞温情地说："这个案子一结束，就是我们新生活的开始。"

车子缓缓地移动。李萌看到董铭已经站在法院高高的台阶上向人群里张望着，她的面前已经围了许多人。李萌下了车，向董铭挥着手。

第三章

此刻，金心正在法院对面的一座茶楼慢慢地吃着早餐，享受着早餐的美味。她神色沉静，端庄得体，带着迷人的青春气息，让周围的环境充满着绚丽的光环。店内用着早点的人们不时地向她这边望过来。要知道这个美丽的女孩就要成为轰动一时的"名人"了，说不定有无数人前来一睹她的芳容，也许这个宽敞的茶楼就要被挤破了。

金心很少有这样来茶楼吃早餐的心情，通常这个时间，她不是在上课练琴，就是在寝室里睡大觉。

茶楼的落地窗刚好面对法院大楼的正门，那四根圆柱真有耸入云天的气势。金心看到董铭站在台阶上已经被一些人包围着，她很想听听人们是怎么问的，更想知道董铭是怎样回答的。于是，她加快了吃饭的速度。

如果单用出风头这个概念来形容她轻松的心态，那还是把这个不到二十岁的女孩看轻了。也许是出身于平民的缘故，尽管她以十八岁的年龄就"出任"乔莫非的第三任情人，但在骨子里她是对这样的行为深恶痛绝的。她在心里极尽蔑视乔莫非的丑陋和庸俗，更对这个官员的种种为非作歹的罪行极端愤慨。她自己就有让这个作威作福、胆大包天、又贪又色的家伙锒铛入狱的想法。在这样的思想指使下，她的两个老大姐还没怎样做她的工作，她就坚决地站在了她们一边。

起初，她们还不相信这样容易就说服了她。董铭十分担忧地说："如果你不是真的和我们站在一起，或者是在耍我们，那我们就彻底完了。"

金心立刻从房间里拿出一把小刀，在自己的手腕上割了一道口子。

"不要以为我年轻，我就是人渣。我不是，我只是个明知前面是条满是大粪的小路,但又不能不走的过路人,因为这是那个人面前唯一的通道。为了这一天的到来,我早已经做好了准备。"

两个老大姐紧紧地抱住了她……

第四章

还是昨晚快要下班的时候,乔莫非通知办公室主任王向阳,今天早他要去林海水库工地看看,并且吩咐了一句,不要司机,由王向阳亲自开车。乔莫非知道这将是他的不眠之夜。早晨去野外看看,呼吸一下新鲜的空气,也许会对自己的心情有点好处。

早上五点,王向阳的车就开到了乔莫非所在小区的门口。乔莫非走出家门时,家人还没有起床,他没有打扰他们,安静地出了门。他并未意识到自己的安危。来到小区的大门口,王向阳给他开了车门,他舒服地坐在后面宽敞的座位上。车子来到路口,水利局的几个领导已经等在那里。

乔莫非一挥手,车队就向十公里以外的林海水库工地开去。

王向阳回头看了看显然一夜未睡的乔莫非,问:"乔县长,要不要慢点儿开,您再眯一会儿?"

"哦,不用,放首歌听听吧,让我精神精神。"

乔莫非让自己坐直了,振作一些。

王向阳真的不会放歌,一曲软绵绵的《何日君再来》传出。如果在平时,乔莫非肯定会大骂,真是个没卵子的男人。

可今天他只是说:"关了吧,这歌我不喜欢听。"

他闭上了眼睛,可脑子没闲着,他想:"那三个女人究竟会闹出什么名堂呢?我不相信金心会跟她俩站在一起,我给金心的足够多了。这个小丫头现在还离不开我。"

到了工地,水利局的几个领导走到他跟前,工地的负责人也及时赶到。他们努力要从乔莫非的脸上发现点什么。乔莫非倒是有几分的从容和淡定。他问了问工程的情况。有人汇报说,工程进展顺利,赶在汛期前交付使用应该没问题。

转了一圈儿,时间指向六点半,乔莫非对大家说:"你们在这里继续,我还有个会,要赶紧回去。我来这里看看就放心了。"

乔莫非上了车,说了一句:"去察哈尔。"

王向阳试探地问:"我们是去察市开会吗?"

乔莫非叹了口气说:"你是真不知道,还是装糊涂?"

"这个,是真的吗?"

"去中级人民法院吧。"

王向阳心中暗暗地一喜,不知道这三个女人有没有这样的力量,一举扳倒乔莫非。乔莫非今天让他亲自开车,就是做着这样万一的安排。他正好可以亲临法庭现场，目睹这罕见的一幕。

看到乔莫非的车已经消失在公路上，水利局的几个人立刻来了兴致。局长佟万彬说："走，赶紧走，不然路上就难走了。"

"今天可能全县都要出动了。"副县长栗文友兴致勃勃地说。

乔莫非还以为他们什么也不知道，但其实满世界的人都知道，乔莫非的三个情人联起手，要扳倒乔莫非这个县长。这对于许多既不敢怒更不敢言的人，是期盼已久、大快人心的喜事。

几乎所有的人，都为那三个女人祝福，无形中也为她们捏了一把汗。他们一定要用自己的行动对这三个女人给予最大限度的支持。

两辆大吉普风驰电掣地向察哈尔市方向驶去。

第五章

主审法官郑里达尽管提前一个小时走出家门，但还是遇上了大堵车。三名法官和人民陪审员已经先他到了。他和几个人打了个招呼，又在开庭前开了个小会。

虽然郑里达已经预料到今天的法庭将是盛况空前，但他在前来单位的路上还是惊讶不已，足有上百人围在法院大楼的周围，远远超出法庭的承载能力。他还看到那三个女人站在大楼的台阶上，安之若素地在接受几家省市新闻媒体的采访。

他知道,这三个女人就是要把这块天捅破。

三个情人联手,以贪污受贿和生活腐化堕落的罪名,对一个县长提起诉讼,这在他的司法生涯中还是第一次经历。他为接受这样的庭审感到欣喜,也感到有一种压力。他开这个会的目的,就是要大家在庭审期间一定不要出现什么纰漏,三个做过情人的女人要通过诉讼的方式把一个县长扳倒,也不是一件容易的事。尽管事先请示过有关方面,并得到了法院审判委员会的全力支持,但他还是不想给自己惹麻烦。如果在庭审上闹出了笑话,他曾经取得的业绩和荣誉就要大打折扣,半世英名可能毁于一旦。

一声铃响,开庭的时间已到。郑里达的心一紧,他穿过过道,走向审判庭的大门。他当了二十几年的法官,在这座城市的司法界,他也是有一号的,但他也没有见过这样的阵势。那黑压压的人头让他晕眩了一下,又马上冷静下来。他站在主审法官的席位上。当原告被告在各自的位置就位,他清了一下嗓子说道:"由董铭、李萌、金心指控林阳县县长乔莫非贪污受贿、包养情人以及生活腐化堕落一案现在正式开庭,首先由第一原告董铭宣读起诉状。"

郑里达在心里暗暗地想,乔莫非的这三个情人还真都是美人儿,年纪相差近十岁,这不仅能说明乔莫非搞女人的一种心态,恐怕也是东窗事发的又一个重要原因吧？

第六章

董铭怎么也不会想到，从三十岁那年开始，她的生活进入一个特殊的阶段。

二十二岁时的董铭，像一朵盛开着的牡丹，走到哪里都吸引着太多异性的目光。她的美丽，高雅而不傲慢，妖艳又不轻浮，她对熟悉的人都报以善意的微笑，又绝不会让对方想入非非。但她的出身却十分平常，爸爸是个翻砂工人，妈妈一直在一家个体工厂打工。董铭刚从师范学院毕业时，嫁入豪门，一步登天，绝不仅仅是幻想。当时就有许多官员和富商向她的父母抛来橄榄枝，如果红线牵成，董铭必有享不完的荣华富贵。

母亲是实际的，她倒是希望女儿能嫁个不错的人家，所谓的不错，无非就是有钱有势的家庭。有一次，母亲跟董铭正式谈了这个问题："铭铭，妈妈知道你现在还没有正式的男朋友，你到底想找个什么样的人家呢？"

女儿微笑着看着妈妈："你以为我应该找个什么样的人家呢？"

"有人来提亲，我就是想问问你是怎么想的。"

"什么样的人家？"

"察市的一个局长的儿子,如果你同意,就可以调到省城去。"

"你同意了?"

"没有啊,我这不是征求你的意见吗?"

"这就对了。不管是什么长家的公子,我一概不见。"

"为什么?"

"你认为有意义吗?他们会瞧得起我们家吗?我能猜出他们那牛哄哄的样子,我从心眼儿里就讨厌他们!记住,不要把我当作什么贵族小姐看待,我就是一个普通工人家的女儿,我就是一个普通的教师,我不想要什么荣华富贵。那样的生活我受不了。"

妈妈叹了口气,但父母完全尊重女儿的意见,从未答应任何抛来的带着黄金钻石般含金量十足的红丝线,尽管他们为他们美丽的女儿感到遗憾。

对于一个美丽而聪明的女子来说,虽然心中对爱情抱着美好的幻想,但董铭实在是看不起那些公子哥似的干部子弟,他们也绝不会把一个平民家美丽的女孩儿当回事儿。她的轻蔑和冷酷,让这些自以为是的家伙从来都躲着她。

但寻找爱情,是任何一个年轻人生活中最重要的内容,美丽的女孩儿似乎生来就是爱情的花蕊。毕业几个月后,她以一个成熟女孩儿饱满的激情,结识了高大英俊的庞大军。庞大军的爸爸只是一个老实巴交的工人，但她看中的是庞大军的人品，这样的家庭才是她这个普通教师的最好选择，与她家也门当户对。她要的不是富贵，而是心态的安然和生活的稳定。董铭虽然生得美丽，但她没有野心。

庞大军虽然只是一名国有森工企业的汽车司机，但他有着太多让一个姑娘喜欢的优点。他体格高大，他体贴入微的呵护总让董铭有一种小鸟依人的感觉。躲进他的怀里，说不出的舒坦和温馨。他能歌善舞，还是单位篮球队的队员，身材自然是无比矫健，这让那些对董铭垂涎欲滴的大学同学个个相形见绌，纷纷离她而去，自觉竞争不过这个仅仅是个工人的健壮的小伙子。而董铭也以欣赏的心态亲眼看着庞大军把那些缠着她的小白脸各个击垮，看着他们灰溜溜地溜之大吉。

最让董铭欣赏的是，庞大军和她交了三个月的朋友，除了自己主动依偎在他的怀里，偶尔接吻，他还没有碰过她的身体。而那些色眯眯的同学早就在打她身体的主意，如果和他们谈恋爱，不出三天，他们一定会求她满足他们那难以按捺的情欲。董铭坚定地认为，庞大军这样的男人你不去爱，还有什么样的男人值得去爱！

可是，董铭又有些隐隐地不安，别是庞大军生理有什么问题吧？凭自己的美貌和性感，相爱这么长时间，哪一个男人会没有冲动？她考验过他，他对自己的爱完全是真诚的，但一个男人竟有着这样的自制力，这让她有种不安的感觉。

她决定试他一试。

那是中秋节前的一个晚上，董铭还在学校的时候，庞大军打来电话，约她晚上出去吃饭唱歌。她爽快地答应了，并且让他去家里接她。爸妈去看老人了，她一个人躲在家里，想出个办法，其实也是女孩常用的伎俩，把被子蒙在身上，就等着庞大军的到来。

庞大军兴高采烈，如约而至。看到董铭在这大热天里居然蒙着大被子，一身的汗水，他紧张得就要去打120。董铭摇着头说："我没事儿，出出汗就好了。"

庞大军也急出了一头的汗："这样下去是不行的。不行，我必须带你去医院。"说着他就要把她从被子里拉出来。

董铭知道庞大军是真诚的，但现在她考验的不是他的真诚。她躺下之前已经喝了一大杯热水，现在连被子都要被汗水浸湿了。尽管遭罪，她也要坚持来做，她可不想要不是男人的假男人。

可是，第一句话她真不知道该怎样说出口。庞大军已经下定决心，要拉她去医院。她露出了笑容说："刚才吃了药，出了太多的汗，现在好多了。就是太热，被子都湿透了。今天我可不能跟你出去了，现在我要换衣服，还要……"

"胡闹，现在我怎么能离开你。"

董铭心里笑了笑，却严肃地说："可我现在已经受不了了，我要换衣服。"

庞大军看着躺在那里，脸红得就像桃花似的董铭："你的衣服在哪里？我去给你找。床单是不是也要换啊？"

庞大军的手伸了进来，果然，床单也已经湿了。董铭已经把衣服掀了起来，和裸着没什么区别。庞大军的手触摸到了董铭的肌肤，他刚要把手抽回去，但董铭已经用身子把他的手压住。

庞大军的声音有些颤抖，说："你看你，怎么不早通知我？"

"我现在好了。你不是要给我拿衣服吗？去把我喜欢穿的那几件小衣和短裤拿给我好了。"

庞大军面红耳赤："我……我怎么知道你喜欢穿什么……"

"那就是你不诚心爱我。如果爱我，还不知道我喜欢穿什么？"

"那你告诉我，以后我就知道了。"

"蓝色的乳罩，红色的短衣，粉色的内裤。都在那里摆着。"

庞大军的手依然没有抽出来。董铭故意说："你怎么不去啊？"

"我的手……"

"你摸着我……你是什么意思？你这是干什么……"

"是你……好，是我不好。我不该把手伸进去。"

"你应该的,我还要让你给我换衣服。"董铭突然撒起娇来。

"你不是让我出去吗?"

"你就这么听话吗?我担心你不是男人,你摸着我就没有感觉吗?去,给我拿衣服。"

董铭放开他的手。董铭注意到庞大军拿出她那些贴身小衣时的表情,那神往的眼睛里放着光芒,她的心微微一荡。庞大军把这些东西放在她的身边就要出去。

"我的话你是不想听啊!"

庞大军挠着头皮:"也不是,我就怕你……"

董铭哗地掀开被子,脱掉湿漉漉的小衣,挺着饱满的胸脯,紧紧地搂住庞大军的脖子,但她的手似乎无意地伸到庞大军的下面碰了碰,冷静地感受着庞大军的身体是不是开始变化。一切正常。她哈哈大笑。庞大军红着脸,问:"你这是怎么了?我看你是没病。"

"我是没病。我是怕你有病。"

"那我就让你看看。"

她的处女期结束了,却打开了一个新天地。她经过大军的洗礼,变得越发的美丽。

三个月后,他们举行了并不隆重但十分温馨的婚礼。

一切美好祥和,董铭也当上了林阳县第三小学的年级组长。董铭在单位是典型的淑女，在女儿跟前是称职的母亲，在父母的眼里是乖巧的女儿。她觉得自己是个完整的女人，而这样的女人才是新时代的先锋女人，她不会给谁做情人，更不会为了达到自己的目的向哪一个男人献媚。

大军是个简单而快乐的人，因为没有太多的贪心，把工作干好就是他最大的满足，而他开车从来没有出过事故。家里有知性美妻和一大大长大的女儿，他整天十分快活。他和妻子女儿的生活美好得如同春天百花盛开的花园，虽然野蜂飞舞、彩蝶斗艳，但这对他们没有丝毫影响。在这个充满诱惑的年代，他们的小家，就是祥和的小岛和没有被污染的净土。

日子一顺就感觉时间过得格外快。转眼七年过去了，这年董铭刚好三十岁。

婚姻到了第七年，都要发生很多的不快。对于董铭来说，在这第七个年头里，他们发生的不单单是不快，而是灭顶之灾。

准确地说，虽然在经历着"七年之痒"，但他们的婚姻并没有出现任何问题。董铭依然像当初那样爱着自己的丈夫，每天看着他出门，等着他归来，和他一起吃饭，和他享受爱情带来的快乐，这些就是她生活中除了女儿之外的最大乐趣。大军也同样地深爱着自己的娇妻，他把董铭当成大宝贝，把女儿当成小宝贝。天真而又聪明的小女儿已经长成活脱脱的美人胚子。他生活在两个美人儿的怀抱里，世界上就只有他才是这样幸运的，健康地活着真是幸福。

可是，大军出事了。

这天下午，董铭正准备给一个班级上课，刘志有校长陪着一个面色严峻的男人匆匆忙忙走到她的跟前。董铭认识他，这是庞大军单位的工会主席付春风。她的心不由自主地抽紧了一下。

"付主席，您怎么来了？"

"小董，赶紧跟我走。这里你就不要管了，我已经跟校长说好了。这个……我不知道怎么跟你说才好……"

董铭从付春风严肃的神情已经知道事态的重大："是不是大军出事了？"

"是的。他现在在医院。我就是来接你的。"

刘校长在一边说："董老师，你快去吧。这里就交给我好了。"

董铭冲出了学校。付春风拉了她一把，她才反应过来似的，迅速钻进车里。"快开车。"她发现自己的嘴唇在哆嗦着，说不出话来，也不知道自己该问什么。她也不想问，现在就是要看到大军。

付春风说："大军并没有出错，而是在路经虎峰岭时，一辆下坡的大车刹车失灵，迎面就冲大军的车开来。左边是山，右边是深渊，大军没法躲避，两辆车的车头就撞在了一起。"

董铭不想听这些，可她还是听得清清楚楚：两辆车的车头撞在了一起。那就是说大军完了，死了，现在就等着她去看大军最后一眼。

啊！她感到自己也快死了，也感到有一辆大车向自己迎面开来，轰隆一声，一切都化成碎片。可她还死不得啊，她的宝贝女儿……

"小董，你一定要坚强！大军没有生命危险，但他的双腿保不住了，你要在手术单上签字。也就是说……"付春风不知说什么好了。

"他……他……他还没死？"

她的眼睛立刻雪亮，不知是高兴还是别的什么情绪。不管怎么样，大军就是不能死。人不死，她还有丈夫，女儿还有爸爸，没有了两条腿，但感情什么都不缺，他们的小家还是完整的。

大军整个人都被纱布包着，只有那两只迷蒙的眼睛和黑漆漆的头发证明这还是一个人。董铭不敢上前，不敢扑在大军的身上，她傻傻地杵在那里。主治医生张春等着她询问，好做相应的回答，但她什么也没问，只是看着那双眼睛。

付春风把董铭拉到医生办公室。医生张春反复说着伤者从腰部以下的肉体已经完全挤压成肉泥的状态，不仅完全失去作用，不及时锯掉，还要迅速影响到腰部以上的生命正常体。不能犹豫，无须犹豫，只能这样。

付春风看着董铭："大军现在，我是说……他现在需要你。"

董铭好容易才明白他们是怕她离他而去："他是我爱人，他是我爱人。我爱他……"

"那就好。现在是考验一个人的时候啊。"付春风叹着气。

签字之后就等于大军以后是半个人了，从一个高大的男人，成为只有上身的残缺之躯。董铭拿起那支沉甸甸的笔，但她后来对签字时的状态永远没有记忆。

一切都改变了。欢乐从这个小家消失了，完整变成了残缺，女儿被送到娘家由姥姥抚养，她全部的精力都放在照顾这个残缺之躯上，每次把他抱起来，都要让她流出几身的汗水。经济上更是大问题。单位有限的医疗费用显然不够，半年之后单位开始给大军发正常生活费，一个月300元。单位就是这样的规矩，谁也无法破坏。两家老人拿出所有的存款来贴补这个小家，好在大军坚持，董铭才没有卖掉房子。30万元就像放飞的鸽子，一撒手就没了。大军继续治疗的费用还像大窟窿一样等着她。最主要的，大军除了正常排便，腰部以下的机能完全丧失。

董铭的心里在默默地流泪，她将要告别那令人神往的男欢女

风中有雨

爱,步入没有尽头的漫漫长夜。她本以为大军会对她说:"我不能让你过这种守活寡般的日子,我要你离开我,去找你的新爱,过一个年轻女人快乐的日子。"

可大军什么也没有说。她发现,大军这个时候更加地依恋她。每天她出门上班,他都眼巴巴地张望着。她反复地表示:"我是爱你的,我绝不离开你,这里是我永远的家。"

可是,董铭曾经无数次在午夜醒来,被严酷的生活吓得欲哭无泪,想到大军再也不能那样有力地抱她在怀。她难以想象这样的日子多么漫长。

但大军还是她的丈夫,她还在爱着他。为了安慰大军,她有意不把这个问题当回事儿。她还有很多事情要做,最主要的,她要有足够的钱为大军安装一套最先进最完备的下肢,这套设备的价格上百万,而这笔钱足以让她付出半生的代价。

她拼命地收学生,让自己忙得没有胡思乱想的时间,但那点小钱就像一小杯水,解决不了大肚汉的饥渴。

就在这个时候,她收了一个学生。她怎么也不会想到,这个叫乔涵宇的孩子,会改变她三十岁以后的命运。

"你人倒是挺漂亮。"

"我是个老师,是来教学生的。"

"呵，你喜欢交男朋友吗？"

董铭看着这个孩子的母亲："我不喜欢交男朋友，要是喜欢，我的男朋友有的是。"

"那我相信。知道这是谁家吗？"

"不知道，也不想知道。"

"那就好。"

作为一个为了赚点外快上门补习功课的家庭教师，是无须知道孩子父母是谁的。董铭更是这样，哪怕是一个屠夫需要她上门教孩子，她也会高兴地前往，她需要多多的孩子求她上门当家教。乔涵宇的爸爸显然不是卖猪肉的，尽管她并不知道这个淘气孩子的爸爸是干什么的，但她一走进这个家门，就清醒地意识到，这不是个普通之家，尤其是那个女主人事先就对她约法三章。

这是个模样凶恶且毫无善意的女人，对董铭表现出来的落落大方只是冷冷地一笑，然后对董铭做出了严格的规定："你要记住了，每天不能早来，也不能晚走；不该知道的不要知道，只准对孩子教授学习之内的东西，此外什么也不要多问；不要对别人说是你乔涵宇的家庭教师；如果家里来了客人，不要看人家是谁，更不要打招呼。"

听着这番话，董铭真想抬脚走人，但她还是留了下来。

"看来这里不是一般的人家了,那我还真要试一试。"

董铭微微笑着。她不是个喜欢多事的人,即使不对她做限制,她也不会超越底线。

正因为女人的特别强调,董铭对这个家庭产生了兴趣。此后每两天她都要到这个家里来一次,一连三个月,她都没有搞清楚这家的男主人是谁,虽然偶尔在家里看到一个男人的背影,但她都在孩子的房间。那男人也从来不管这个家庭教师对自己的孩子教得怎么样,更没时间关心孩子的学习成绩是不是得到了提升,所以董铭一直没有看到那男人的真面目。

起初董铭以为这个家庭的男主人是本地的富豪,因为教这一个孩子的收入,就超过了教好几个孩子的。那女人虽然看着凶恶,又对她做出种种限制,但在费用上却是十分大方。乔涵宇这个孩子简直就是顽劣之辈,如果不是自己耐心加恐吓,她是制服不了这个顽劣之徒的。不过还好,这家人似乎对孩子的成绩并不怎么当回事儿,只要知道他没出去闹事,他们就心满意足了。有时孩子不爱学习,董铭就跟他一起玩游戏,这样他也能学习一点点。董铭认为,只有那种没什么文化的有钱人家,才能养育出这样的孩子。

和这个神秘男人见面的机会总算来了。

一个周末的傍晚,她准时到了乔家,敲了下门,始终没有人来开门。之前她没有接到今晚不上课的通知,她也没有这家任何人的电话。她左右为难,在楼道里走来走去,但还是不敢擅自离去。足足过了一个小时,她知道今天的课是不能上了,正准备离开,就看到一个四十岁左右、身材高挑的中年人上了楼梯,开了这家的房门。

这也许就是乔涵宇的爸爸吧。董铭上前询问:"请问您是这家的人吗?乔涵宇没在家吗?"

"没有,今天他爷爷过生日,他们去吃饭了,我也是才从饭店回来的。你是……"

"我是他的老师。哦,是家庭教师。我……"

"哦,经常来家里教孩子的老师就是你?我们还没见过面的。今天的课是上不成了。怎么,他们没有通知你?"

"哦,没事的。那我明天来吧。"

这个人很有几分气质,似乎不像做买卖的,有种官员的气派,但有个这样的孩子,在什么地方又不那么对劲。董铭总觉得这个人在什么地方见过。

"进来坐吧,今天我也有时间,正好了解一下我儿子的学习情况。我这个儿子啊,就不是学习这块料。"

她不该进去,但为了自己的工作和收入,她应该介绍一下自己的成绩，介绍一下她为孩子做过努力后取得的成绩。这个男主人显然是不知道这些的。

"哦，你姓什么？"

"我姓董，叫董铭。"

"是哪个学校的？"

"是第三小学的。"

"我儿子对你很满意，他说你总跟他做游戏。"

"我知道这样不好。可是……"

"做游戏也是锻炼脑子嘛。学不进去，你总不能让他出去打架吧？如果把这个孩子放出去，不定给我惹出什么事儿来的。来，吃水果。"

说着，他竟然给她削起苹果来。

本来她不该问，或者她应该走人了，可她感到屁股有些发沉，也破坏了订下来的规矩。

"能问您是做什么工作的？"

他一愣："你问我是做什么工作的？"

"是啊？您不想说就算了。"她感到自己有些多嘴了。

"哈哈。"他大笑起来，"你不知道我是做什么的？"

"您夫人没说。我也没问。"

"好。还真好。"

他似乎因为董铭不知道他是干什么的而很兴奋。"我叫乔莫非。这个你总该知道吧?"

"好像听说过。"

"听说过?"又是一阵大笑,"好了,我还有事。你在第三小学,我记住了。你给我的印象不错。看起来你也是个好老师。也许我这段时间还会去你们学校看看呢。"

董铭感到这个叫乔莫非的男人,盛气中还有几分可亲近的地方,但她不知道他要去自己的学校看什么,但总不会跟她有任何的关联。

她对县里的领导从来不注意,可她隐隐感到县里有个叫乔莫非的领导。

似乎冥冥之中有什么特别的安排,回到家她急忙打开电视调到林阳新闻频道,电视上刚好在播县领导陪同市领导下乡检查"三农"问题的画面,县长就是乔莫非。

她禁不住哈哈大笑。大军问:"你笑什么?"

"我居然不知道县长是谁,可我居然到他家当了家教。他家还有个那么调皮的孩子。"

大军莫名其妙地看着董铭,自打他成了这样的人,脑子仿佛迟钝了。

风中有雨

"你给县长家干什么？"

"我还能干什么？去给他家的孩子当家教啊。"

"哪一个县长？"

"他说他叫乔莫非。"

大军想了想："是有这么一个县长。"

"这个孩子虽然淘了一些，但教他的费用相当于我教三个孩子的费用，这样也就扯平了。"

大军依然平淡地躺在那里。对于一个开车的司机来说，县长是高不可攀的，与平民百姓的距离是那么遥远。

董铭偶尔会想起乔莫非说过要到第三小学来看看的那句话。但县长的工作和她教书就像井水与河水一样，互不相犯。这天中午刚要下课，刘志有急忙把董铭从教室叫出来，神秘而兴奋地说："你跟乔县长有这样好的关系，你怎么从来不说啊？"

董铭真是莫名其妙："我跟他有什么关系？我还是刚知道他是县长。"

"你啊，你一个这么聪明的人，怎么一时犯糊涂？利用好了这样的关系，会给学校，啊，也会给自己带来多大的效益？好了，我简单地跟你说，县里要拨一笔款子给几个学校进行校舍改造，狼多肉少，许多学校都要多捞点。但是这钱没有准确的标准，多给哪个学校几十万就是县长一句话的事儿。乔莫非县长就在咱们的会议室听汇报，他无意间提到了你。看来他对你的印象还不错。"刘校长兴奋地说。

"他提到了我？"董铭眨眨眼睛。为什么会对自己的印象不错？

"是啊。她说你是个很敬业的老师。"

董铭想，自己给乔涵宇当家教也是为了钱，更谈不上什么敬业。这些都是司空见惯的官话，为此她并不买账。

刘校长做出了指示："既然是这样，我就不跟你客气了。我还正准备找个能和县长说上话的人。这样，汇报你就别参加了，但你一定要留他们在这里吃午饭，你一定要留下他们。今天上午他们走了几个学校，这里是他们的最后一站，也许这就是给我们的机会。只要他们能吃咱们的饭，多个几十万就没问题。你准备一下，再过几分钟你就去会议室。记住，不管用什么方法，一定要把他们留住。你也要把他们尤其是乔莫非陪好。"

董铭简直哭笑不得："我有什么能力留下他们吃午饭？我还没跟他说上……"

"没时间跟你说这些。这样，他们答应给咱们五十万，这点钱翻盖新教学大楼根本不够，如果你能再多争取个几十万，多的部分我给你一成。"刘校长接着说道,"哦,两成的回扣,这就是百分之二十。如果你再多要个五十万,我就给你十万。好了。我赶紧回去。你现在就做好准备。"

刘志有急匆匆地走了,走时还没忘了回头给她做个手势。

董铭迟疑着,她看着表,有意地拖延着时间,因为她真的不知道该怎样去挽留他们。她和这个乔莫非总共还没说上十句话,她也不知道这话该怎样说。虽然完成这个任务具有很大的诱惑力,可她自觉没这个能力。她从来就没和当官的人打过交道,何况还是这个县里最大的官。

但应付一下她还是必须要做的。已经过了十分钟。就在她磨磨蹭蹭地向会议室走去时,刘志有一脸怒气地走过来。

"你怎么……你是不是……"

刘校长狠呆呆的神色,也让董铭觉得自己做得过分:"他们还在吗?"

"你太让我失望了。这么好的一个机会……他们走了。乔莫非似乎就想看你一眼。虽然没有明说,但我觉得是这样。他们走了,我们的机会没了。你啊,真是……"

董铭琢磨了半天才知道刘志有想说烂泥扶不上墙这句话,这让她十分生气,也激了她一下。

连她自己都不相信,她立刻变得精神抖擞:"你说过多余的部分给我百分之二十的回扣?"

"你就别想了,我们的资金已经定下来了,就是五十万,财政这几天就要下拨款子了。"

刘志有转身就走。

"校长,您给我两天时间。"

"你要是能办下来,我给你一年时间都行。可是,你就别想了。"

董铭大步走过去:"我要您给我写个字据。"

"写什么?"

"您说过的话。"

"你真有这个把握?可是……"

"您说县长就有这个权力?"

"县长没有谁还有?喊,我看你……"

"那好,如果我办不下来,我就从你这里走人。"

董铭一时冲动,把话说绝了。

"好,你来吧。"

到了办公室,刘校长写了几行字,签了自己的名字:"这可以了吧。不过,死马当活马医吧。"

第七章

董铭第一次泡在咖啡厅里,一边喝着咖啡,一边细细地掂量自己做出的这个大大超出自己能力的许诺。一个小时过去了,三个小时过去了,她都没能想出一个更好的办法。如果她去乔家谈这个问题,她不但见不到乔莫非,还会被那个凶恶的女人轰出来,接着她就要从那里滚蛋,不仅大钱得不到,连那些小钱也会从她手中消失。

可是,她真的毫无办法。快到放学的时候,她走出咖啡厅,向乔涵宇所在的小学走去。她不会傻到把这样艰巨的任务放在一个孩子身上,但在这个乔家,能说上话的,也只有这个孩子。

下课铃声响起不到一分钟,几百上千个孩子像小老虎下山似的,从学校的大门跑出来,一片吵嚷声立刻扑面而来。

看上去哪个孩子都像乔涵宇,可哪个都不是。也许这样的孩子早有专车接他回家,她在这里根本就没有机会看到她的这个校外的学生,即使见到又会怎样呢?

正在东张西望时,她看到几个孩子刚走出学校大门就打起来了。几个孩子把一个孩子压在身下拳打脚踢,就在露出一条缝隙的时候,董铭大喊一声:"住手。"她快步跑了过去,拽过一个孩子的胳膊："走，我要把你们送到派出所。"

"放开他吧。"

董铭马上转过身，把那孩子拉了起来。

他竟然就是乔涵宇。

乔涵宇用好奇的目光看着董铭："你真够意思，过来帮我打架来了。昨天我把那小子打了，今天他们一起来打我的，没事儿。"

董铭上去拍着乔涵宇的衣服："用不用我再来帮你？"

董铭受到了鼓舞似的装出了样子："不用了。我们打架都不跟家长说。你也不能跟我妈说。"

董铭看着乔涵宇："那不行。你承认我是你老师吧。"

乔涵宇点点头。

"那我就要对你负责任。我不能让你这样经常在外面打架。"

乔涵宇作揖："我求你，你让我怎么都行，你别告诉他们。"

董铭现在居然有些高兴："你怎么回家，是妈妈来接你吗？"

"她可没时间接我，这个时候她一定是在打麻将呢。我现在去我奶奶家。她家就住在那边。"

董铭想了想："你现在不回家行吗？就说老师留你补习功课？"

"好啊，可是你要干什么啊？不会是真给我上课吧？"乔涵宇是个聪明的孩子，"我知道了，你一定找我有事。不然你不会这个时候来找我。说吧，啥事儿。"

"现在你想吃什么？"

"我什么都不想吃，现在你想请我吃东西，吃什么都行。你是不是要找我爸爸办事啊？别人说话不好使，凭你刚才那样仗义，我帮你。"乔涵宇拍了拍胸脯。

董铭觉得好笑，她跟乔涵宇说："给家里打电话，就说一个小时后回去。"说着，董铭要拿出手机。

"用我自己的。"乔涵宇说着掏出手机，拨通了电话。

"奶奶，我现在跟我的老师在一起。"收了电话，乔涵宇说，"我们去吃冰激凌。我好热。"

坐下后，董铭说："爸爸喜欢你吧。"

"他说我是我们家的小祖宗。"

"那我今天就请你这个小祖宗吃这点东西，是不是寒酸了啊？"

"我现在想吃的就是这个啊。热死了，刚才打架打的。"

乔涵宇把衣服掀了起来，露出了肚子。

"快别这样，不然该肚子疼了。"

乔涵宇做了个鬼脸，把衣服放下。

看到乔涵宇吃得挺来劲儿，董铭问："慢慢吃。我要是真有事儿，你能帮我吗？"

乔涵宇显得十分友好:"你说的什么事儿我不知道,但我可以让你见到他。"

"在你们家?"

乔涵宇的小手在桌子上拍了一下:"你傻呀,在我们家你别想见到他,就是见到他,你也别想跟他说话。"这倒是实情。

董铭问:"那你让我去他的办公室?"

乔涵宇一听这话,嘴就咧到了耳边:"我看你真傻。办公室还用我帮你?你到办公室能跟他谈什么?我告诉你,我们家在桃花村有个小楼,我爸爸下了班经常去那里。他说那里安静,他不愿意回我们那个房子,他和我妈不和。"

董铭也看得出来,乔莫非并不喜欢他的那个喜欢故作姿态而又没什么文化的老婆。董铭问:"那我怎么才能去那里找他啊?"

"有我啊。你等着。"

董铭想,怪不得乔莫非经常不在家,原来他住在外面的房子里。

乔涵宇给乔莫非打起了电话:"爸爸,老师让我写个关于乡下的作文,我要去乡下那里看看。我现在去桃花村吧。"

不知道那边说了什么,挂完电话,乔涵宇笑着对董铭说:"搞定。我说我带着你过去。你指导我写东西。你想说什么就是你的事

风中有雨

儿了。"

董铭急切地想知道乔莫非的态度："你爸他说了什么？"

"他什么也没说。你就放心吧，他一定会见你的。"

董铭的心中除了紧张还有忐忑不安。

即使在这个时候，对乔莫非这个人，董铭除了知道他是县长，有个老婆儿子之外，仍然知之甚少。在这样的情况下，一个小学老师，居然去找县长办这样一件大事，自己简直是疯了，其结果只能是自找苦吃，被县长训斥一顿，在校长那里食言，从学校灰溜溜地卷铺盖走人。

她知道自己办了一件全天下最傻的事。

可那高额的回扣是那样地吸引人，她要花费多少口舌才能挣出来啊。

在利益面前，一个人完全可以铤而走险，既然这样，她只能勇往直前。

董铭看着兴高采烈的乔涵宇拦出租车的样子，心想，也许这个小东西会给自己带来好运。上了车，董铭压制着自己心里的恐惧，看着车外的风景。虽然已过了桃花盛开的季节，但出租车一驶进桃花村，董铭还是看到枝头绽放着星星点点粉色的桃花。这是林阳县最南端的一个小村，也是全省最南端的一个村子，气温要比本省其他的地方高出好几度,通常被唤作北国小江南,盛产着价格昂贵的稻米。

在一条叫作细鳞河的河岸边,矗立着许多幢式样别致的小楼,家家都有一个挺宽敞的院落。董铭心想,县里乃至市里的许多有钱人,或者是有权的领导,都在这里买房置地。乔莫非是去年才当上县长的,在当县长之前,乔莫非好像还当过县建设局局长,然后又是常务副县长,都是有职有权的岗位。看来他政绩不错,不到四十岁的年纪就当上了这个大县的县长,还有一展宏图的机遇。

从县里开车到这里也就20分钟的路程。下了车,董铭问:"乔涵宇,你家这幢小楼是新买的吧?"

"这些事情你别问我,问了我也不会告诉你。"

董铭笑了笑,这个小孩子还真有点防范意识,也许是家长特意嘱咐过什么。但这不关自己的事。董铭又换了个话题:"你爸还没到吧?"

"没看到他的车,就是没到吧。"

"你爸爸喜欢住在这里,是他不愿意回那个家吗?"

"他看不上我妈总打麻将。他们在一起没什么说的。"

董铭觉得那个女人作为一个县长的夫人,形象是差了一些,而且看起来也没有多高的文化,是个有钱而又霸道的人家的女儿。在乡下，这样的女人多的是，但乔莫非从头到脚却有种不凡的气质。不知这样的婚姻是怎样形成的，但她现在已经有了太深的感慨，年轻时候的看法，与有了几年婚姻生活后的看法会有着巨大差别。如果不是自己当初抱着少女幼稚的念头一意孤行，心怀敌视上层人士家中公子哥的心态，怎么会落到这样的结局？

院子的铁门紧闭，董铭担心孩子没有钥匙，结果有个闲人模样的男人为乔涵宇开了门。知道董铭是乔涵宇的老师后，那个男人说要去河边溜达，就走出了大门。

一楼是宽敞的正厅，乔涵宇一进门就不再理董铭，他跑到电脑前打起了游戏。董铭不敢四处乱走，只感到在乡下能有这样一幢小楼，倒真是会享受。

董铭都要等腻歪了，才听到一阵汽车声。她紧张地看着大门，一辆不知是什么牌子的小汽车开了进来。她的心中一阵慌乱，她明白自己目的不纯，手段也不那么光明磊落。她恨不得立刻离开这里。她的事不办了，她不想见什么乔县长。

"你好！很高兴在这里见到你，你想喝点什么，是咖啡还是绿茶？"这是通常男人在自己家中见到年轻女人时的言辞。可乔莫非进了门后看也没看她一眼，把站在那里等着跟他打招呼的董铭晾在那里，直接来到打游戏的乔涵宇身边。

"你这就是写作文?"

"老爸,你别板着脸好不好?我的作文已经写完了,都在我肚子里呢。你听。"乔涵宇竟然把一路看到的风光用口述的方式说了一遍。"怎么样?"说完,乔涵宇瞥了一眼站在那里十分尴尬的董铭。

乔莫非来到董铭的面前,没有董铭期待的热情和友好,依然板着面孔,神色严肃。

"写作文非要到这里来吗?就没有别的可去的地方吗?我看你不是为了指导孩子写什么作文。我看你是另有企图。"

"我……我能有什么企图?"董铭发现自己的嘴唇在发抖,竟然重复着对方的话。

"不管你有什么企图,你觉得你应该到这里来吗?"

真是愚蠢至极,脑子进了水,要不就单纯天真得像个孩子。见一个县长怎么会这样简单?竟然私自闯进县长家里,人家是县长,不是傻子。

董铭眼中立刻满含泪水。是的,乔莫非说得没错,自己另有企图,人一旦带着目的,就容易出错。

"那……那我是错了。那……我走了。"

乔莫非并没有挽留她的意思。她决然地转过身,两腿在颤抖,她感觉此刻比脱光了她的衣服还让她无地自容。真是丢尽了脸，不仅是学校里的岗位丢了，这个孩子的家庭教师她也当到头了。她忽然感到乔涵宇还真是可爱。她走过去搂了一下乔涵宇，故作轻松地说："老师走了，以后你还要多用些功啊。"

乔涵宇打游戏正打得来劲儿，看到董铭的眼泪，忙问："老师你怎么了，是谁……"

看到乔莫非站在那里，一脸的严肃，聪明的孩子就知道是怎么回事儿："爸爸，你为什么把我的老师弄哭了？你……"突然，他也大声哭起来。

"闭嘴，别哭。"乔莫非厉声说。

乔涵宇却越哭越来劲儿。董铭把乔涵宇抱在怀里："好，咱们别哭。"

乔涵宇边哭边说："他为什么把你气哭了？他看你是女的他就欺负你。他对到我家来的人，都是有说有笑的。"

董铭心想，到他这里来的人，可能就没有她这样的。

乔莫非板着面孔："尽胡说八道，我怎么看她是女的就欺负她了？"

乔涵宇哭着说："我就是要哭，我就是要哭。爸爸能让老师笑一个我就不哭。"说着他竟躺在地上打起滚来。

城里城外

看着儿子无赖的样子,本来想要大发脾气的乔莫非突然笑了:"我这个混蛋儿子,真是拿他没办法。"

这话是对董铭说的,但董铭并没去看乔莫非,而是蹲下来把乔涵宇抱起来:"你看,老师这不笑了吗?"说着,她挤出一丝苦笑。

"你这不是笑,也不是爸爸让你笑的。啊啊啊……"说着,乔涵宇又从董铭的怀里滚到地上。

如果换个地方,董铭会对这样的孩子无比讨厌,可现在她却喜欢得不得了。她感到自己有了几分面子,更感受着一个孩子在这种特殊情况下向她表达的情谊。

乔莫非在沙发上坐下,眼前这一幕他也觉得不那么光彩。

"好了,我欢迎你老师到这里来还不行吗?董老师,你就给他,哦,是给我们笑一个吧。"

笑?她真想号啕大哭,把所有的委屈、所有的苦难和所有的悲哀都一下子哭出来。逝去的少女时代,夭折的婚姻幸福,以及突遭灾祸的打击,为了外快马不停蹄的辛苦,都将化成倾盆的泪水,把这个无情的世界淹没。

但她不能哭。

可她更不想笑,也笑不出来。

"对不起。我走了。你的家……我也不想再来了。"

风中有雨

她的态度十分明确，乔莫非也意识到自己的冷酷深深地伤害了这个看上去有着强烈自尊的女子。

"啊，对不起。我刚才无礼了。可是，我这个地方还真没外人来过，我不想让他人知道……怎么说呢？我是不想让外界知道我在这里有这幢小楼，也不想让别人知道我有时会在这里躲起来，以避免太多烦人的事儿。我希望你能理解我。"

乔莫非来到门口挡住董铭的去路。

"我不会跟外人说的，这些跟我没关系。这里我真的不该来。我，我走……"

"老师，你别走，你走我就不活了！"突然，乔涵宇一骨碌爬起来来到乔莫非身边，"你真该感谢老师才对，如果不是她及时出现，我都快被他们打死了。"

"你又打架了？"

"他们好几个揍我。我只能扛着让他们打，这时老师碰上了，是她救了我。"

乔莫非紧张地看着董铭，流露出几分感激的神情。董铭淡淡地说："我今天想给乔涵宇辅导作文，就去了他学校，正好赶上他们……我就，哦，对不起，是我冒昧了。我想我是不该到这里来，我也该走了。"抹了一下眼睛，董铭转身向门口走去。

乔莫非看到这个场面,也陷入了被动,他觉得在一个孩子和一个女人面前逞威风实在有失自己的身份。

看着董铭满脸的泪痕,乔莫非摇了下脑袋:"好了,别介意我说了什么。看你哭得,像个泪人了。"

董铭那压制不住的委屈又重新爆发出来,就要走出门的时候,眼泪竟然再一次地流出来。大军成半截人时她没有这样哭过,自己在无数个夜里守着难熬的寂寞时她也没有这样哭过。现在她的眼泪居然控制不住地流了出来,她越哭越伤心,越哭声音越大……

她体验到了一个底层的老百姓的艰辛,更感受到了为了利益受到的羞辱。

乔莫非还没有经历过这样的场面,他见到的都是有求于他,或者是对他献媚的女人,而一个被自己伤害了又似乎有着太多悲伤、长得还不错的女人,他还从来没有见到过。他搓着双手有些不知所措:"你这是怎么了?哦,是我说错了话。乔涵宇,拉住老师。"

还没等乔涵宇拉住董铭,董铭看着乔莫非,不吐不快地哭诉着:"好,你别说,我找你还真的有事。我并不要求你帮我什么,但你要知道我的麻烦是因为你才引起的。"

乔莫非莫名其妙,他这个县长怎么还会和一个小学的老师发生什么瓜葛?

风中有雨

"什么事情是因为我引起的？我们总共也没说上几句话啊。"

董铭心中的激愤雷电般地喷射出来："你这个当领导的看不起我们这些小民百姓也就罢了，谁也没有指着你们对我们怎么样。可你去我们学校为什么要提到我？我和你有什么关系？你说你认识我又有什么好处？我就是认识你又怎么样，我高攀得上吗？我……"

"你这是怎么了？我去你们学校也没说什么啊，我就说你是个非常敬业的老师，是很不错的一个人。这给你带来什么麻烦了吗？"乔莫非紧张地看着义愤填膺的董铭。

"带来麻烦？不错，你是县长，可你以为你在校长面前提到我，就会给我带来什么好处吗？你这一提到我可倒好，好像我们有什么特别的关系，有人还想利用这样的关系。如果事情办不好，我什么都没了，我家里……"

无限的悲伤让董铭怎么也控制不住自己的眼泪。

"刘校长找了你？"

"我解释都……都不行，非说我们……"

乔莫非看着董铭："我明白了，那一定就是校长拿你说事儿，让你找到我追加些教育设施的投入，是不是？"

"这是你们这些领导的工作，跟我有什么关系，可是……我推都推不掉……你就不该说你认识我。我现在……"

"他在强迫你为学校……"乔莫非呼出一口粗气,马上就拿出手机。董铭哼了一声说:"你们就搓搓我,把我当面团捏吧,我成了进到风箱里的老鼠了,两头受气。我惹着谁了?"

乔莫非怔了一下后放下手机说:"那我就不给你们校长打电话了。"他转身拿出一条干净的毛巾说:"亏了这里没人来,不然以为发生了什么特殊的事。"

"爸,你不能让我的老师白哭一场,总得给人家办点真事儿吧?"

"你个小孩子懂什么?"乔莫非唬了一下脸,又对董铭笑着说,"我这个儿子是对你有感情了。好了,我今天真是罪过,让你这样一个美人儿在我这里哭得梨花带雨的。还真没有一个女人在我面前流过眼泪,我的老婆就会跟我对着干,猛得可以跟我动刀子。哈。会哭的女人才是真正的女人。好,我把手机关了,不让别人打搅我。你帮我个忙好吗?"

董铭冷冷地说:"我能帮你什么忙?"

"我来这里就是给我自己弄口吃的,今天却有三个人,怎么也该认真做点东西吃吧。"

"三个人?还有人来吗?"

"是不是查数的时候经常把自己忘了?但至少这里还有我儿子吧。来,跟我下厨房。"

风中有雨

董铭"噗嗤"笑了:"我可没想到你把我算上。"

她忽然意识到自己是不该笑的,并且就应该大步地走出这里,表达自己的愤怒,维护一个知识女性的尊严。可她的两条腿沉重了下来,有点走不出去的感觉。她看到乔莫非的眼神里充满着友好的期待,竟然乖乖地跟他来到厨房。

"你看看一个县长是怎样下厨房的吧。"乔莫非居然煞有介事地扎上了围裙。

有时大哭一场是件非常痛快的事,心里的委屈发泄出来,心情舒畅多了,董铭竟然不自觉地笑了出来。

"我看你笑好看,你哭也好看。帮我摘菜。"乔莫非把一筐从地里刚摘下来的新鲜蔬菜放到董铭面前。董铭不相信乔莫非平时自己在这里下厨,但此刻的他俨然是厨房里的一把好手,这似乎不像一个县长。在她的心里,县长应该是出入各种酒局,见各方高人,忙得不可开交的,现在的他似乎还真有几分亲近的感觉。

"你看我这样,不像个县长吧?可是,当多大的官也有属于自己的生活,何况我还仅仅是个县长。把刚才那一幕忘掉,我可是在弥补我的过失啊。"

董铭突然理解乔莫非刚才的态度。县长外面的别墅可不是外人轻易能来的,如果自己是县长,也会这样。

气氛变得轻松起来。此刻的乔莫非像完全换了一个人似的,手脚麻利,动作敏捷,转眼间弄了四个炒青菜,又切了两盘红肠。董铭知道自己在这个时候应该离开,因为乔莫非的挽留和眼下友好的态度,已经给了她一个小小的面子,她可不能蹬鼻子上脸。她决定不再提及刘志有对她提出的无理要求,哪怕她已经把话说绝。

"好了,我现在该走了。但我可以保证自己是愉快地离开这里的。"董铭打起精神,露出了微笑,但这样的微笑谁都看出有着苦涩的滋味。

"怎么,不想跟我谈你们学校追加校舍改造的费用了?你用了这么大的心思来见我,可正经的话一个字还都没说。"

"我不想说了。"

"这可不是一个身负重任的人应该有的态度。"

董铭看了看乔莫非:"我现在离开,已经让我很满足了。请您原谅我的冒昧。我感到我应承了一个我不可能完成的任务,也许……以后那就是我的事了。"

"刘志有一定给了你压力吧?你什么话都没说,就感到很满足?你就不想有更大的成绩吗?"

"怎么?"董铭的眼睛亮了一下,又摇摇头,"不可能的。我真的有些自不量力。我告辞了。"

"主人做好了饭菜，而客人要走，也不是个礼貌做法，明明是对我有看法。乔涵宇，把你的老师留下，我们开饭。"

乔涵宇拉着董铭的手："这个时候你要走，我说你傻呀。"

董铭笑了，这次是发自内心地笑。这个时候离开，自己是真的发傻。发了那么大的誓，斩断了自己的后路，怎么能这样轻易放弃？此刻明明已经看到了一丝的光亮。

"乔涵宇，你来摆碗筷吧。"

"你留在这里我就摆。"

"好吧，你来摆我就不走。"

"好，一言为定。这才不冤枉我带你来一次。"

乔涵宇十分认真地摆起了碗筷，乔莫非也在津津有味地看着乔涵宇忙乎着。"这小子，这还是第一次。你是怎么让这个浑小子喜欢上你的？"

"我……我陪他打游戏，给他讲故事，然后用剩余的时间给他讲课。"说到这里，董铭的脸色微微泛红。

乔莫非笑着摇摇脑袋："你要知道他气走了多少家教啊？我知道这小子不是读书的料，但你把他教得这样听话，成绩是大大的。来吧，我们就座。"

"等一会儿，我给你们倒酒啊。你给我找的老师里，董老师是最好看的。"

董铭拍了一下乔涵宇的脸蛋:"瞎说,还有说老师好看的。"

乔涵宇大声嚷道:"那些不好看的,我就不喜欢她们。她们说话的声音我也不喜欢。"

"这小子。"乔莫非打了一下乔涵宇的后脑勺,"老师好看你还想怎么样?真是胡说八道。"

乔涵宇咧了一下嘴,麻利地拿出一瓶红酒。

"董老师有没有兴致喝一口?"

自打大军出了事,她没再喝过一口酒。

"这还用问?"乔涵宇已经倒满了两杯。

乔莫非坐下,董铭愉快地坐在他的对面,看着那酒,感受着这样的气氛,她感到脑袋有些轻微的晕眩,变化得居然这样快,她俨然成了这里大受欢迎的客人。

"今天也是特殊,我明天要到市里开农村工作会议,在这里准备个发言提纲,竟然有幸接待董老师。我再次向你表示歉意。"乔莫非说着举起了酒杯。

"这酒我可不敢喝了。我打扰了您,而且还惹得您……"

"也许这就叫歪打正着吧。你也知道,县城的那个家我很少回去。我那个老婆是个村长的女儿,我也是那个村子出来的。应该说是那个村长，也就是我那个岳父供我上的大学，我最初的发展也是他们帮了我。可是……咳，你也都看到了。你的爱人是做什么的？"

"他……他是个司机。"董铭低下了头。

"哦，他下岗了？"

"不，他……他瘫痪了。"

"怎么？"

"出了车祸，没了两条腿。"董铭的声音很轻。

"哦，怪不得你出来当家教。好了，不说这些不愉快的事情。刘志有是怎么跟你说的？"

"这个也不要提了。"

"这可是你的任务。你们学校是个老学校，基础设施的确是差一些。我们已经有几年没有追加教育方面的投入了。去年县里的经济指标完成得还不错，所以今年才有这样的动作。全县每个学校多拨款五十万，全县近百所学校就是一笔很不小的数字啊。"

董铭已经不再有什么奢求，无欲则刚，也就显得落落大方，说："是啊，您是县长，考虑的是全县，我们校长只考虑他自己那一块，而我也来跟着凑热闹，哈，真是……今天能到县长家做客，我做梦都没有想到，居然还是通过这样不正常的手段，我就不说我是无地自容了。我喝了这杯就真的要离开了,给您添了麻烦,我实在抱歉。"董铭一饮而尽,眼里又闪出晶莹的泪花。但她还是命令自己立刻站起身。

事情就是这样突如其来地发生着。董铭发现自己放下酒杯,站起身的时候,手已经被乔莫非抓到他的大手里。接着乔莫非站了起来,把她又按在椅子上。就在乔莫非的双手搭在她的肩上时,他竟然把她的身子轻轻地扳了一下,她仰起面孔就看得到他的下巴和九十度的面孔。她还从来没有这样看过男人,这个角度看男人有些滑稽,却很有味道。这时她才意识到,乔涵宇已经不在这里了,餐厅里只有他们两个人。

"你很美!"乔莫非低下脑袋,居然很浪漫地吻了一下她的头发。

这样一个小小的动作让她有些不知所措,说不出是把他们的关系拉远还是拉近了,但她相信这一定不代表这个男人的任何感情和心意,充其量也就是一个小小的友好表示。但对她来说,这可是高高在上的县长。她让自己的声音尽量不要慌乱,依然仰着面庞看着他立体的脸:"你身边美丽的女人不是多得是?你要谁可是一句话的事。"

乔莫非解释着:"也许你不会相信,过去的我与女人的距离,没有近过半米。"

她想挣脱乔莫非的手,但他在用力。她感到自己像个坐在闺房中的小女生,而按住她肩头的,是一个年纪不大却能左右自己的男人。

"是什么把你送到我这里的?"

声音很轻,是那种深沉的堂音,充塞着音调的起伏和感情的波澜,但话里的意思,董铭有点不明白。

"是刘志有给我任务,我没办法,我知道有些冒昧。"

"不是,我说的不是这个意思。来,我们该离开这里了。"他松开手,出了门跨上楼梯。

董铭又一次意识到自己该离开这里了。旁边的门通向楼上,而另一扇门却是通向外面。她看到乔涵宇又沉浸在游戏中了。她明明是走向离开这里的那扇门,可她居然踏上了楼梯,跟在他的身后。她当然知道楼上是什么地方。

也许这是给她一个机会。她的心中怀着某种美好的期待。上了楼梯,乔莫非在一间起居室的门口等着她。这里的华丽让她有些晕眩。她想要问他为什么要把她带到这里来,有什么话不好在下面说吗?但乔莫非已经为她磨好了浓香的咖啡。

"如果我不答应你的要求,你会怎么样?这可不是我的钱,不能说给谁就给谁。"

乔莫非把咖啡递到她的手里,用一双饱含深情的眼睛看着她,和在楼下的他相比,完全换了一个人。

"那没关系,无非是我卷铺盖走人而已。"

"哦,有这么严重?"

"相当严重。"

她感到眼前的人不再是县长,而是一个向她发射着某种温情的男人,虽然自己从来没有接触过大军之外的第二个男人,但男人那一套她还是完全明了的,她不知道这个男人接下来还会做什么。她已经喜欢上了这里的环境,尤其是喜欢这样的谈话方式。

这是一个睿智的男人,笨蛋当不上县长。大军不是笨蛋,但大军这样的男人同样当不上县长,他只能当个好司机。现在却连个司机都当不上了。

"是刘志有逼着你到我这里来的?"

"不是逼我,也差不多。我的任务完不成,我的工作就……"说到这里,她苦涩地一笑。

乔莫非摇头笑着说:"这个刘志有简直是疯了。"

董铭认真地说:"向县里要钱,他是什么手段都会用上的。不过学校的经费也是紧张。你这个当县长的随便一说就可以了事,但我们就难了。他这样做你该理解，但他不该让我来张罗，遭这个罪。"

"遭罪？"乔莫非看着情绪已经平静下来的董铭，文雅娴静、气韵翩然、典型的知识分子美女。在政府机关，这样的女人并不多，虽然美丽的女人并不少见。他在距离她不远的一把安乐椅上悠然地坐下来，兴趣盎然地跟她交谈着："是啊，看来我的孩子给你添麻烦了。好，不说这些。你爱人受了这么严重的伤，你还守着他，不简单。你还这样年轻漂亮。如果我们也搞一个类似《感动中国》那样的节目，我看就可以评你了……"

"这和年轻漂亮有关系吗？我是他的妻子，难道这不是我该做的吗？"

"虽然不能说完全没关系，但你现在面对的可是充满诱惑的时代。你肯为这样一个男人苦守，让我高看你。你若想找个有势力的男人当情人，完全能够办得到，也是合情合理的。"

没想到乔莫非居然会说出这样的话，董铭马上接着说："那就是说乔县长就有这样的情人了？"

"我？哈，你看我会有情人吗？我难得闲下来一次。如果有，我不得和情人秘密幽会去？"

"那倒也是。现在的官员找情人已经是时尚，乔县长怕是一般的人看不上吧？"

乔莫非开玩笑地说："我？呵，女人不是过分地巴结我，就是过分地躲着我。我家里有个母老虎般的老婆，我喜欢的那些女人都躲着我。"

董铭笑着说："是吗？是怕给自己找麻烦吧？"

乔莫非看了看时间，冷不丁地想起了什么。他站起身，搓了搓双手说："好了，不开这样的玩笑。我现在真的要让你走了。我要赶一篇讲话材料的提纲。我说过的，明天要开会，不抓紧就不赶趟了。"

"县长不是有自己的秘书班子？"

"我就是写材料出身的。在我的眼里，他们就是一个摆设。我不能开车送你了，多包涵！"

"我哪敢让县长您来送我啊？借我个胆儿我也不敢。我真的该走了。"

她在准备离开这里的时候，乔莫非走近了她。董铭发现乔莫非的眼睛里放射着光彩。他的双手伸展着，但又停在了那里，似乎要做什么动作但最后没有做出来。她并没有多想。他是县长，不可能做出他们学校那些男人那样卑劣的行径。大军出事后，就有许多花心的男人总在打着她的主意，发些暧昧的甚至是污秽不堪的短信。

她这才知道这个世界上还有这样一些男人。

丧失了最后的希望。董铭感到上楼来和乔莫非坐这么一会儿真是太没必要,真不如刚才就直接离开,不给这个男人展示自己高高在上的机会。而这里的豪华给她的内心造成了更深的压迫感,也更让她感到自己怀抱的希望破灭时给自己的打击是多么巨大。

董铭一走,乔莫非就有些静不下心了,他马上分别给财政局局长和教育局局长打了电话。

第八章

一夜未眠。董铭的脑子里全都是乔莫非乡间别墅的豪华和与乔莫非轻松谈话的情景,而自己被数落后的哭泣却被她忘得一干二净。他不是一个令人讨厌的男人,自己也没资格讨厌他。第二天早晨,她才想起将要面临的危机,她要为自己说出的大话负责。乔莫非绝不肯帮她,而且毫无帮她的理由。能让自己安身立命的就是小学老师的位置,现在这是全家唯一的饭碗,但她就要失去这个唯一的饭碗了。

生存的危机让她心情沉重,经常无端地发火。大军眼睁睁地看着变了个人似的妻子,什么也说不出来。到了上班时间,董铭还是穿戴齐整,包挎在肩上,做好了上班的准备,但眼前却出现了刘志有那嘲弄挖苦的脸，想起自己说出的那句夸下海口的大话。她浑身发冷，心中充满恐惧。她并不是喜欢夸口的女人，完全是刘志有逼的，但现在感到把自己逼到悬崖的却是自己。她在门口站住，无所适从。大军躺在那里直直地看着自己的妻子。这些日子以来，他已经感到董铭的脸慢慢地冷下来，虽然也在尽力地为他做事，但态度已经明显没有过去好了，烦躁时常表现在她的行动上。他早已做好了忍受任何不公待遇的准备，现在他不敢问她为什么不去上班，但却无比关心这件事。

已经过了每天该出门上班的时间，但董铭还站在门口犹豫不决，大军只好嗫嚅着说："到点了，怎么……"

"到点怎么了？我今天还不去了。"董铭赌气似的跨回房间，把包扔在沙发上，一屁股坐在那里。

"怎么了？"大军小心翼翼地问。

"我工作没了，我们就要喝西北风了。"

大军大吃一惊："怎么这样说？你老师当得好好的，怎么会……"

"都是那个该死的县……"她忽然意识到，这话还真不该说出来，"我跟刘志有说了大话，我办不成就自动离开学校。"

"什么事啊？"

风中有雨

"什么事？跟你说又有什么用？还不是因为……"她看了看大军那半截的身体，终于忍住了想说的话，心中又对乔莫非产生了强烈的痛恨，就是这个家伙把她对生活最后的一点希望剥夺了。

上班的时间已过，刘校长没有给她打来电话，僧多粥少，她的离去还可以给校长一个敛财的机会，但她怪不得别人，是她把自己的岗位拱手相让的。她开始想下一步的打算。她要选择一个私立学校，尽管去了那里就是在出卖自己的尊严，并且前途不保，但眼下两个大人和孩子的吃饭问题是头等大事。

董铭正要给一个私立学校打电话，刘校长的电话打了过来。一定是求她回去上班的，她感到自己有了些面子，但以后在第三小学就抬不起头了。

"董老师，实在是太感谢你了，你给学校立了大功！我说话算话，一定按照我说的办。你现在就可以到单位取钱，因为拨给我们的资金已经到账，一百万，别的学校都是五十万。"

"您说什么？"她觉得不是自己的耳朵出了问题，就是刘志有在胡说八道。

"我就知道我没有看错你。你一出手就解决了我们一大块的资金问题。好了，你现在就来吧。如果你愿意，中午学校领导班子所有人请你吃饭。"

董铭自始至终一句话也没说，但刘志有的话清晰地回荡在她的耳边。

突然，她跳到了大军的床前："我挣到钱了，一笔大钱，十万！"

"你是怎么……"

大军看到突然之间从一个极端走到另一个极端的妻子，莫名其妙的同时，竟有些害怕，但他来不及多问，董铭已经飞也似的狂奔了出去。

刘校长看到董铭走进了学校大门，迅速地取了钱，来到门口迎接她。

董铭还是第一次看到刘志有的脸上挂着这样灿烂的笑容："真没想到，财政局李局长一大早就给我打了电话。他说县长的话他不能不听，但他似乎不那么满意，但是钱已经到了我们的账上，是乔莫非特意吩咐的。你看，你做了工作，我没有食言。这是十万。"

董铭的脑子还是懵懂一片，但那一捆子钱实实在在地在刘志有的手上，向她拱手相送。这不是假的，虽然她还像做梦一样。她怕说出的话走了调，只好叹息一声，打开包，让自己的手尽量别发抖，并且装得若无其事。

"我就知道你和乔莫非的关系不一般。你歇几天吧，以后家里有什么事，可以跟学校说一下，学校尽力帮你解决。中午没什么安排的话，校领导请你吃饭，饭店随便你挑。"

董铭摇着头，神秘地笑着。刘校长说："那好，这两天的课我已经安排别人替你，你也休息一下。"

刘志有雪亮的眼睛看了她一眼，过后她才意识到刘校长的眼神里充满着太多的内涵。但让董铭更加不可思议的是，乔莫非为什么要这样做，一定是看到她那可怜的眼泪，才出面帮了她。但不管怎么说，对她来说，这笔巨款已经舒舒服服地躺在了她的包里。与其说她是激动的，还不如说她感到神秘更准确些。大军见到这笔钱时没有她想象的那么快乐。他似乎想了什么，但她需要猜测的不是大军的心思，而是乔莫非这个让她感到莫名其妙的男人的心思。

一整天，董铭激动的心绪下隐隐有些不安。这样大的情分她怎么受得了？他毫不客气地伤害了她的自尊，她在他那里流出了软弱的泪，可现在他居然为她解决了这么大的问题。这似乎不单是钱的问题，而是一个让她高攀不上的男人送给她的一份大礼，她感到难以承受。

傍晚，她到小区的浴池洗澡，刚走出家门，手机就响了。平时她去洗澡并不带手机，可这天她毫不迟疑地把手机带在了身上。她似乎有一个预感，一定有人会给她打电话，而这个电话将是一个十分重要的电话。

手机响了,是让董铭感到吃惊又让她渴盼的人。她知道他有办法弄到她的电话号码。她突然有一种冲动,这可是县长给她打来的电话啊,而就在几天之前,她居然还不知道县长姓甚名谁。

"是我。知道我是谁吧?我想见你。"

她的声音十分轻柔:"你不是在开会?"

"是的。现在是晚上。我刚吃过了饭,就给你打了电话。学校资金的事知道了吧?"

"谢谢你!可我不知道该怎样对你表示感谢。"

"你晚上可以出来吗?"

她愣了一下:"你的意思是……你不是在察哈尔?"

"是的,但交通可是要多方便就有多方便。"

"也是,这两个地方也就一个小时的车程。可是……"

"我现在回去办件事,你等我电话。"

"……好吧。"

洗澡的时间很短,做头发的时间很长。当董铭从美发厅走出来时,一个清爽俏丽少妇的美色让她自己都觉得太过惹眼。她风情迷人,那本来就白皙的胸脯像重新涂了奶液一样,胸似乎更大了些。她感到自己有意无意地把这次见面搞得过于隆重,其实这无非就是个简单的会面，也许他只是要在她的面前表表功而已。她心里暗自发笑：一个县长还像一个普通男人似的？但该怎样谢他呢？自己可是得了实惠的，总不能只进不出吧。对了，她要好好请他一次。就在今天。

电话准时打来，乔莫非告诉她，他的事情办完了，在高速路口等她，让她自己打车过去。她回家撒了个谎，说是学校的同事见她发了笔财要宰她一顿。

"放心，花不了多少钱的。"

董铭用最快的时间给大军弄了吃的，又给他擦了身，然后笑吟吟地出了门。大军眼巴巴地看着她离去，眼神里流露出的是失落和恐惧。出了门，董铭就把家里的烦恼忘得干干净净，她打了辆车，一个劲儿地催促。司机盯了她一眼，把车开得飞似的。出租车刚在路口处停下，董铭就看到一辆小汽车开了过来。乔莫非亲自开车，很洒脱。她吟吟地一笑，上了车。他说："对不起，我不能去接你。我把大家打发走，对他们说我要回会议住宿的宾馆，就来这里等你。"

"我明白。"可她有的地方还是不明白，包括为什么要把她带出来，还就他们俩。

"前面是个农家山庄，环境很优雅，也很安静。"

她突然冒出几句:"我想谢谢你……我想请你吃饭。我给你添了那么大的麻烦,我们学校……"

"咱们不说这个好吗?今天你就听我的吧。"乔莫非的手在她的手背上轻轻地拍了一下,车子沿着一条小路向前开去。

"好的。我听你的。"她知道不听也不行,现在没有她选择的余地。

作为一个心思缜密的知识女性,董铭隐隐感到有些不安,又多少有些兴奋。她观赏着这里的环境,不让自己的思绪偏离正常轨道。这里的农家山庄居然这样的优雅,看来是专门接待这些当领导的到这里换换口味的。这些当官的带个把女人到这里来风流潇洒并不新鲜,而她居然跟着县长也出入这样的环境。一个单独的小院落,房前栽着梨树,屋子里非常舒适,完全是和情人幽会的场合。

第九章

庭审现场鸦雀无声,每一个座位都坐满了旁听者。也许是法院方面考虑到大众对这个案子的极度关注,在座席供不应求的情况下,在尽可能的范围内,法院让一定数量的旁听者站在过道上。董铭和缓的叙述就像清风缭绕在整个大厅里。在大家的眼里,这个三十八岁的女人是那样的文静,语调娓娓动听,神色毫不慌乱,一副高雅女知识分子的样子,看来准备得非常充分。由于对她的了解,大家也对一个本来完美的女人七年前突然遭此大难,表示出深深的同情,但对接下来的她怎样成为乔莫非的情人,又是什么使这对风流男女反目成仇,更充满了强烈的好奇。

董铭对自己过去生活的描述,无非就是让大众知道,她是一个好女人。乔莫非想,真是放他妈的屁!一个好女人会给人当情人?!此刻,站在被告席上的乔莫非咽了口唾沫。在林阳县,自己就是天,他咳嗽一嗓子,别人大气儿都不敢喘。可这里是察哈尔市,他现在是被告,法院还放进来这么多人来看热闹,真是不把他当回事。刚才他瞥了一眼,县里的主要干部就坐在旁听席上。他还以为就他几个亲信知道。也许就是他们捣的鬼,才有了这三个女人联手公开把他告上法庭的局面。这些人是打定了主意非要扳倒他不可,平时笑呵呵的,怎么一点儿也没看出来呢?真是人心险恶呀,太无耻了!

乔莫非没有聘请辩护律师,他自己就是最好的辩护律师。凭着自己的三寸不烂之舌,这三个女人别想把自己扳倒,他的心里依然充满自信。于是,乔莫非大声地说:"法官,我有话要说。"

"法庭会给你为自己辩护的机会的。"郑里达转向董铭,"作为乔莫非的情人,你说你过去并不认识他,你甚至对县长是谁都不知道,这有些说不通吧?他不是县长你会当他的情人吗?你当他的情人不是也有自己的目的吗?你不是有意到县长家去做家庭教师,以待时机到来,和他建立这样的关系吧?做一个县长的情人,毕竟是有利可图的。"

董铭环顾一下四周说:"一个教师为什么非要知道县长是谁?不知道县长是谁并不影响我的工作。就好像不知道市长是谁,对市民的生活也不会有多大的影响一样!"

郑里达说:"但这是常识。"

董铭道:"我不认为这是常识。我只是一个教师,我并不想当官,更不想过问政治,我只要知道我的校长是谁就足够了。我用业余时间帮助学生辅导功课,是乔莫非老婆找的我,我才给他们家当的家庭教师。那时我并不知道我是给县长的儿子做家教。"

郑里达问道:"你既然跟乔莫非那时并没有特殊的关系,为什么还要接受刘校长的安排,主动为学校的校舍改造多要财政补贴?没有办成的把握,你会以离职为代价做出这样的承诺?而据你所说,这个时候你还跟乔莫非并没有正式认识。这样做是有悖于常理的。你有什么证据证明这个时候你和乔莫非是不认识的?被告,这个时候原告与你的关系是怎样性质的关系?这个时候你们是不是已经发展到情人的关系了?"

乔莫非接话道:"这个时候当然不是情人的关系,但她已经在我家当了三个月的家教。如果说我们是不认识的,只有鬼才相信。"

董铭说:"我想提示法庭的是,我已经承认我是乔莫非的情人,并且以我的所见所闻指控他的种种罪行,现在没必要在这些细节上纠缠不清。是的,我是带着自己的目的认识乔莫非的,但这些都是我在他们家当家庭教师以后的事。我并没有主动为学校去乔莫非那里多要几十万财政补贴,这是超出我能力范围的。可是,我们校长把这个重任压在我的头上,而我又怎样解释都解释不清。所以我就想了那个办法,通过乔涵宇,也就是我所教的学生直接和乔莫非见的面。我提到在那里见面的特别之处,就是我们第一次在那里发生了关系,而这第一次我完全是被迫的。一个身居县长之位的人,竟然与到他家工作的女人强行发生性关系,这本身就是道德败坏的行为。另一个原因就是,这幢小楼的房产居然是在乔涵宇的名下。我想,一个只有十二岁的孩子,是没有赚钱给自己置办房产的能力的吧?不错,乔莫非后来有意地告诉我,这是孩子的爷爷给他的孙子留下的财产,但许多人都知道,我也提交了足够的证据,证明乔涵宇的爷爷只是县供销社的一个职员,而且早就退休了,他是不可能有这样一笔钱为他的孙子购置如此昂贵的房产的。"

郑里达继续问道:"你有什么证据证明你们在那里第一次的性

关系，你是在被迫的情况下发生的？"

董铭说："有。我有当天穿的乳罩，完全被他撕毁了。"

乔莫非大笑了一声。

郑里达加重语气反问道："这么说已经过去了七年，你当初被撕毁的乳罩到现在还保留着？"

董铭平静地说："这没什么不可以吧？我虽然没有想到会有这样的一天，可是我第一次和一个县长发生故事，我想留下一点证据，是因为这个东西上保存了乔莫非的体液，我不能把这个东西留在他那里。回到家，我经过反复的思考，决定把这个东西保存下来。虽然过了这么多年，但并不影响用科学的方法得到应该得到的证据。如果需要，我现在就可以把这个东西拿去检验。"

乔莫非的眼里立刻喷出了怒火："你这个婊子！"

郑里达及时制止："不许在法庭进行人身攻击。原告，你用这个证据就是证明乔莫非作为一个官员生活腐化、道德败坏吗？被告认为你是带着为自己办事的目的去主动和被告发生性关系的，而绝不是像你所说，完全是他对你的施暴或者是强迫。正是基于这样的原因，也就是你的主动献媚甚至是投怀送抱，你的目的才得以实现。"

董铭稍停片刻，辩解道："不是这样。我并不否认我在以后的日子里投怀送抱，而且还做得更为过分，但我坦诚地说，我之前的心态是干净的。我一心为了我那个已经破碎的家和残缺的老公，现在我老公已经不需要医疗费了，他永远地走了！正因为这样，我才指控乔莫非用他的权力占有了一个当时没有任何瑕疵的女人，最后把她拖入罪恶的深渊。我已经把那幢小楼的房照交给了法庭，这里还有相关机构对这幢小楼的评估证书，价值在二百万元以上。而小楼当时的价格也不低于一百万元。我复印了评估证书，可以提交给法庭。"

乔莫非依然言之凿凿地向法官申辩道："这个房产确实是乔涵宇爷爷的房产，我是有证据的。"

郑里达再次制止："现在不是被告说话的时候，你会得到给自己辩护的机会的。"

董铭接着说道："我是主动前往那个在桃花村的小楼的，也的确有我自己的目的，可我没有把自己当作乔莫非的情人，是他主动要求我做他的情人。"

郑里达问："是发生性关系之前还是之后？"

董铭一字一顿地说："他答应了我的要求，发生了性关系之后，他亲口对我说的。"

说罢，董铭看了看离她不远的旁听席上并排坐着的李萌和金心。她俩神态自若、目光坚定,那意思是:好好表现,胜利一定是我们的!顿时,董铭信心大增,耳边又响起了她们多次沟通时的誓言。现在自己已经开了一个好头,接下来肯定还会有进一步的展示。特别是李萌和金心也会助她一臂之力,而且还有足够的证据加以佐证。她们已经被乔莫非这个衣冠禽兽伤透了心!如果不依法惩治这个腐败分子,说不定还会有多少姐妹继续成为他的猎艳对象,他恐怕还要继续疯狂地侵吞更多的国家财产,对社会主义制度造成更大的危害和破坏。几乎就在同时,董铭、李萌、金心三个女人的目光在一瞬间碰撞出了耀眼的火花,并在各自的心灵深处发生裂变效应!

一场猛烈的暴风雨马上就要来了……

千条江河归大海

一

每到五月，我就特别想念老家。

我的老家在乌斯浑河畔。在北方，在东三省，特别是在黑龙江那疙瘩，知道这条河流的人不多。但一提起"八女投江"的悲壮故事，人们便会想起乌斯浑河。乌斯浑河，满语称它为"武斯浑比拉"，意思就是"凶猛暴烈的河"。又因它在林口县刁翎镇以北不远处汇入牡丹江，就会引出"八女投江"故事的由来。牡丹江和牡丹花没有任何关系，满语汉译转音"穆丹乌拉"，意思就是"弯弯曲曲的江"。当然了，所有的江河最终都流进了大海。

据《宁古塔纪略》记载："雕极大而多，且用其翎毛为箭。"原来雕翎是清朝为驿站官兵所用弓箭提供雕翎的地方。相传清末依兰道台南巡至此，见一只大鸟从这里飞起，便问一位老者飞的是什么鸟类。老者说是老雕。道台又在地上拾起一根羽毛，问这是什么。老者说是从老雕身上掉下来的大翎毛。道台思考片刻，脱口道："这块平地就叫雕翎甸子吧。"据《雕翎镇志》记载：民国元年（1912），吉林省府大员首次到这里放荒发执照，"雕翎"这个名字从此便叫响了。

不知是为了书写方便,还是早年间东北匪首谢文东、李华堂、张雨新等出没于此,抑或是黑背金矿的淘金往事盛极一时与妓女们蜂拥而至,这里的"雕"字逐渐简化为"刁"了。日本侵略军开拓团也曾在刁翎镇驻扎,遂又发生了"三打刁翎"等著名战役。抗联名将周保中、柴世荣等转战于白山黑水林海雪原,留下许多可歌可泣的红色故事传颂至今。

有点儿扯远了,就此打住。

二

话说到了 20 世纪 60 年代初,一个春草刚刚发芽的季节。位于东岗子屯村头的小路旁,竟然响起了婴儿的啼哭声,那声音时大时小,似有似无。出于母性的本能,一位农村老大嫂循声走去,发现哭声来自一棵老榆树下。她撒开双手,摇摇晃晃地凑过去,哈腰抱起小棉被里的孩子。打开一看,还是一个带把的胖小子,就是右腿有点儿畸形。老大嫂下意识地用嘴唇贴了一下小孩挂满泪痕的小脸儿,心头颤动几下,眼泪像断线的珠子,一滴又一滴落在前大襟上。

别看这村妇斗大的字不识一个,但她知书达理,深知世上的章程。这是弃婴啊!好孩子哪有往庙上舍的?她顾不上回村头的小马架子房跟当家的合计，便抱着襁褓中的孩子朝镇里的方向走去。短短的几里路，真把老大嫂累得够呛，幸亏她中途搭了一段牛车。她的前胸和后背全部湿透了，满脸都是汗水，头上冒着热气；而她抱着的孩子早已不哭了，瞪大双眼，正在乖乖地望着眼前这个陌生的世界。

老大嫂刚跨进刁翎镇派出所的门槛，就瘫坐在地上，上气不接下气地说："公安哪，给俺儿子上个户口吧。"

"大婶啊，慢慢说，你儿子叫啥名呀？"警察笑呵呵地问。

"咱这地场，不是英雄豪杰，就是平民百姓。你还是叫他代英杰吧。"老大嫂高兴极了。

"那你是啥时候生的儿子呀？"警察边问边记。

"哎哟，你这是咋问的？没让俺肚子疼，才刚捡的。刚进五月，生日就算五月四日吧。"村妇快人快语。

"你是在什么地方捡的孩子？"

"东岗子。"

"谁能证明你是捡的？"

"老天呗。"

"怎么能是老天呢？"

"人在做，天在看！"

警察不再问了。

老大嫂也不再回答。

这个捡来的弃婴就是我。

三

一晃十八年过去了。

爹娘都成了老头儿老太太了。

爹最初在老林子里以打猎为生。娘没文化，连个正式的名字也没有，嫁给我爹后，户口本上才填上了"代王氏"的大名。后来，林区招工，爹便由猎户变成了林业工人，我家就从刁翎镇搬到了和古城镇仅隔一条铁道的杏木林业局。1977 年恢复高考制度后，我参加了高考，因体检不合格，失去了上大学的机会。咋办呢？全家人大眼儿瞪小眼儿，一时都没了主意。我爹蜷在炕上抽着蛤蟆头旱烟，把自己笼罩在飘散的烟雾之中；娘越想越生气，瞪了他一眼，又剜了他一眼，嗔道："整天当甩手掌柜的，算啥能耐？儿子下学了，腿脚不利索，以后喝西北风啊？"一声长叹，呛人的辣味从爹的口中喷出，爹说："那你就领着孩子去局里找找，活人不会被尿憋死。"

第二天一大早，我们娘儿俩就风风火火地闯进了杏木林业局知青办。知青办李主任等正在开会，娘就推门进去了。她的心里只惦记着儿子找工作的事儿,连敲门的礼数都忘到脑后了。

李主任有些不高兴,但还是起身问道:"有事儿吗?"

"急事儿。"白发苍苍的老娘往前凑凑。

他示意我娘坐下:"那你就说吧。"

"请李主任给俺瘸儿安排个工作吧。你们都是为人民服务的,俺就找你们来了。"母亲说话滴水不漏。

"可你儿子是残疾人呀,那他有什么技术吗?"

"他……是五七中学毕业的。"

"那就不好办喽。这找工作本来就是个难事儿,那么多好腿好胳膊的青年都在家待着呢。"李主任接道,"贮木厂倒是可以找到活儿干,可你儿子能抬动大木头吗?"

我的心顿时凉透了,正当绝望之际,只听我娘立马回道:"这有何难?抬不动大木头,你就让他当干部呗。"在母亲的眼中,瘸儿也是最棒的!

娘在知青办碰了一鼻子灰,依然不屈不挠,当天下晌就又风风火火地闯进了杏木林业局局长霍大章的办公室。这回她是独自去的,到底说了些什么,娘直到咽气时也没说出半个字。我想应该是她怕我再受刺激,故意没有让我见识那场面。

可怜天下父母心!娘到底还是把我的工作大事办成了。当时我浑身上下几乎没有任何优点：没上过大学，腿脚残疾，家里没有钱，更没有背景。但一位文盲老太太究竟是怎么办成的呢？仿佛是个谜，其实又不是。总之，当我顶替父亲接了班，又以工代干当上了霍局长的秘书之后，还是听到过一些传闻，比如我娘给霍局长"下跪"了，比如我娘的哭声把电话铃声"震响"了，比如我爹给局领导分别送"熊掌"了。这些私下的议论，我觉得都是扯淡，唯有一件事儿让我坚信不疑，那就是母亲的哭诉深深地打动了霍局长这位东北硬汉！那天，霍大章把我叫到局长室，和我进行过一次难忘的谈话，那是我见证革命前辈、抗联老战士独具个性的一次谈话——

"傻小子，你娘没说假话吧？"

"霍局长……"

"回答我的问话！"

"对。"

"那你是作家吗？"

"俺不是。"

"那你发表过诗文吗？"

"俺发过。"

"背一首我听听。"

千条江河归大海

"那俺就背了。"于是,我就把不久前在省委机关报《松江日报》副刊上用笔名"上官刘"发表的一首叫《致伐木工》的新诗,大声地朗诵了一遍:

你为祖国去采伐,

穿云破雾走天涯。

雷雨电闪一肩甩,

千山万壑一脚踏。

兴安岭的冰雪裤脚挂,

完达山的松油衣襟擦;

乌苏里江风云耳边过,

威虎山上红旗胸中插。

巧手揭开绿宝库,

散出松、柏、杨、椴、桦……

祖国啊,需要多少栋梁材,

伐木工人全包啦!

"好小子！"霍局长用宽厚的大手拍拍我的奔露头，脸上露出了慈祥的笑容，接道，"你呀，是个好苗子！就是这条腿可惜了，但也没什么。你先在办公室收发文件，将来就给我当秘书吧。这个讲话呀、报告呀，按我说也不难。照葫芦画瓢还不会吗？我说成就成。"他突然一转身，又补充了一句："今后你必须改过来，不许再说俺俺俺的，就说我。再说俺给我滚蛋！听见没有？"霍局长的声音大得像炸雷，直击我的耳鼓。

四

每个在机关工作的年轻人，能遇上赏识自己的好领导，那就是三生有幸了。虽然我有点儿跛脚，行走姿势欠佳，但绝对不影响写文章。霍局长就是看中了我的特长，不拘一格选人才。俗话说："是骡子是马，拉出来遛遛。"考验我的时候终于到了。

经过一年多的历练，我确实摸到了一些门道。杏木林业局自1963年建局以来，就被全省森工系统视为"小老穷"企业，林相残破，那是日本鬼子滥砍盗伐、疯狂掠夺所致。还有就是国家投资欠账，当时东北急需煤炭生产所需坑木，计划投资3197万元，实际只投了1710万元，致使杏木局一诞生就先天不足，再加上林分质量低，杏木局就像一个瘦弱的婴儿，始终挣扎在死亡线上。好在霍局长富有远见，拼了老命往实干，一手抓植树造林，一手抓替代产业，仅用十多年光景便打赢了翻身仗。

所谓翻身仗，说穿了，即马上要不亏损了。既然投资欠账，杏木林业局就属于政策性亏损，并逐年递减，国家也视其为完成了生产任务。但霍大章总觉得有一顶沉甸甸的帽子压在头上，压得他喘不过气来。

我时常一瘸一拐地跟在霍局长的身后，他的一言一行甚至每一声叹息，都让我看在眼里、听在耳里、记在心上。也有人在背后编排我俩是"三个一"："一个老头，一个瘸子，一个独有的风景！"那时我太年轻，不懂得韬光养晦，实在忍不住，还是把我听到的风凉话向他报告了。他摸摸连毛胡子，笑着对我说："等你写小说时，就把这一切都写进去嘛。"我有文学底子，又了解林区的生产实际，很快就捋顺过来了，写机关应用文确实不是什么难事儿。我还有一个诀窍：用心读《毛泽东选集》，就能写好机关应用文。

那天，我拿出了几经易稿的近万字的报告，题目就叫《穷则思变要革命，局小志大把身翻，杏木林业局誓为国家上缴一分钱》。霍局长看过后激动得一拍桌子，站了起来，大声地说："写得好！你能把扭亏写出文章，总结的经验也够独到。"他当时是书记、局长一肩挑，说一不二，但还比较民主。有人私下里给他起了个外号,叫"火神爷",他发起威来爱骂人,所有的人都挺害怕,但依然特别尊敬他。霍局长当天就召集林业局的头头脑脑们开会,研究、审定这个报告。只有些小小不然的意见,基本都是叫好声。霍局长看起来十分高兴,连声道谢。

没过多久,这个报告通过林管局、森工总局报到了林业部,竟然一炮打响,杏木林业局从此享誉全国了。最让我觉得有成就感的不是别人,而是林业局知青办的李主任。他在局机关的走廊里热情地拉着我的手,笑道:"你真是天生的干部!还是你老娘厉害呀,早就料到了会有今天。"我未置可否,不知说什么好,只能陪着他笑了笑。

霍局长是我的恩人哪!

打那以后,只要工作不太忙,我就坐在秘书室里琢磨如何回报霍大章。思来想去,我认为还是先把本职工作做好,不能辜负老同志对我的殷切希望。恰恰是我的愚钝和固执,让我永远地失去了报答他的机会。本来老局长霍大章马上就要退休了,他非要去苇河林业局参加营林工作现场会,途中遭遇车祸,不幸因公殉职。听到这个噩耗,我顿时惊呆了,老半天说不出话来。他的突然去世,在我的心灵深处留下了无法治愈的伤痛!

五

早上八点半上班,我提前半小时就来到局机关。

擦地板、抹桌子、打开水、理文件,忙完头上便冒汗了。刚刚坐下,新任林业局局长刘长禄就走进秘书室,严肃地对我说:"代主任,治危兴林的材料写完了吗?"

"昨天就写完了,正在打字室打字呢。"

"尽快上会,通过后就上报。"

"好嘞。"

我目送刘局长离开。不一会儿,刘局长又来电话了,只听他拉长声音说道:"这次林业部要材料很急,估计上面对我们这个老典型肯定会认可的。你辛苦了,加班加点累得够呛,应该好好地休息几天。我看这样吧,这回就让文书小孙乘火车到雪城,坐飞机往北京送吧。"

"那我转告小孙,让他做好准备,再嘱咐嘱咐。"

"不用了,他上职工医院给我开药去了,我都已经安排完了。"刘局长说完就挂了电话。

放下电话,我的心里特别别扭。以前,除了邮寄材料之外,无论向省市还是向北京报送任何材料,大都由我亲自去办。老局长霍大章的理由是：可以当面向人家请教，实在不行还可以立马修改。刘长禄局长这次是什么意思呢？我首先想到，残疾人进京可能形象不太好，又想到这次能够体会到坐飞机的感觉等，我为自己有些阴暗的心理感到耳发热、脸发烧。总之，今天过得无比漫长……

后来的事实证明，刘局长的安排是一次严重的失误。也许是文书小孙为去北京和坐飞机太高兴了，直到到了林业部，他才发现他把《围绕中心，找准位置，充分发挥工人阶级在"治危兴林"中的主力军作用》这份重要的经验材料落在了家里，险些铸成大错。我只好连夜赶赴北京送材料。

六

散文《大雁情》在省报发表。

小说《海之恋》在省刊获奖。

报告文学《远山的呼唤》被收入《绿海天涯》一书，受到广泛赞誉！

一篇又一篇的文学作品，使我的名字也被更多的人所熟知。这无形中就给人们造成一种错觉，好像我在机关应用文方面也是高手。肯定我的文字功夫，使我的机关应用文有了不少光彩和泡沫，但由于虚荣心在作怪，对此我既没有承认，也没有否认。直到有一天参加全省作家代表大会,某著名作家为我写下了"一代英杰"的题词,才使我突然冷静下来,意识到好心人对我的赞许,其实就是一种鼓励。

有一天,我到雪城市参加企业文化座谈会。我是一大早坐火车去的。下车后我在站前的小饭馆吃了几个包子,又就着咸菜喝了两碗大米粥。等我走到街上,看看手表才七点半,离开会还有整整一个小时,我便放慢了脚步。

突然,一辆自行车和我擦肩而过,差点儿把我撞倒了。我有点生气地冲骑车人说:"你这是怎么骑的?你撞人了!"

"对不起,对不起!"骑车人下车向我道歉。我仔细一看,原来是多年不见的诗人仉声。

"仉老师!没想到是您。"这时仉声已经走到我的跟前,我连忙主动跟他握手,仿佛什么也没有发生。这时围上来的几个闲人也便自行散去了。

仉声轻轻地咳咳嗓子,笑着拍拍我的肩膀,热情地说:"你可是雪城林区的茅盾啊!小说写得很精彩,也很有影响,说不定明天就是大作家了。你调到雪城林管局了?"

"没有,还在杏木林业局。"

"哦。"仉声接道,"雪城市文联正在创办《东北风》杂志。你要是调到市里就好了,我们可以想办法把你调到编辑部,你真是难得的人才!如果一面写小说、一面编杂志,公私兼顾,那才是最佳的选择,那样多好啊!"

"真的?那太好了!可惜……"我欲言又止。

"没有办不成的事儿,也没有好办的事儿。你找找人,这事儿就有希望。马上就要到点了,我得去上班了。咱们电话联系吧。"说罢,仉声便跨上了他的大二八自行车消失在人流当中。

七

从雪城市开完会回到杏木林业局,一连好几天,我都有些神情恍惚,精力不集中,文件也看不进去,更不要说写材料了。仉声老师的那些话,老在我的耳边回响,幸亏我是单独办公,没有人发现我的异常。可我还是心神不定,鬼鬼祟祟,上班就盼下班,晚上还经常做梦。

更让我不安的是,妻子这些天也闹情绪,鼻子不是鼻子,脸子不是脸子,满脸都是阴天。我只好小心翼翼地和她沟通,以防发生"战火",影响家庭安宁。谁知一搭茬儿就捅了马蜂窝,她劈头盖脸就放起了连珠炮:"你还好意思问呢?小小的林业局,一条大道两个半人,做买卖有东西也没人买呀,整天像个大傻子站在街上望空气。再说欠发工资都快半年了，大家的兜里比脸还干净，你说我该咋办？就你还忙得挺来劲儿，一天到晚也不顾家。我看这日子没法过了！"仔细想想，妻子的话虽然尖刻，也不无道理。我起身走出家门，一声叹息，发自肺腑，深而长……

八

妻子的情绪越来越反常，时常指桑骂槐嘿唬儿子。我在心里痛斥她是"泼妇""不可理喻、更年期提前"了，表面上还得哄着她，原因就是我老爹和老娘临终前都下了死命令："必须善待你媳妇，咱家多亏了言敏呀！"因为我是残疾人，好像就该打一辈子光棍，没想到老天爷开恩了，把一个健康贤惠的漂亮媳妇送进了林区职工的"板夹泥"小平房。所以父母非常感谢妻子。事实也是如此，想当年娘就是怕一口气上不来，把我撇在世上成为孤苦伶仃的人。所以，在我刚刚上高中的时候，爹娘便四处托人帮我找对象。一个礼拜天的中午，又有好心人把我领到女方家中，一个山东大妮出现在我的眼前——

大嘴胖脸小眼睛，身高顶多一米四，穿着一件针脚朝外的花棉袄，目光散乱，若有所思的样子。据介绍人说，她没念过书，比我大一岁，不久前才从关里的家投奔堂兄而来。说心里话，我虽腿有残疾，但心理却是健康的，而且有点儿小才华。此时此刻，我太难堪了，感觉无地自容，只想早点回家。万万没想到，第二天天刚亮，介绍人便敲门传来了口信："人家丫头不同意！"这犹如当头一棒，顿时就把我打蒙了，眼前一片空白。多次被踹，我已变得非常脆弱，自尊心所剩无几。

我的这段往事，恐怕我永远也无法忘掉。在单位心不静，回到家心更烦。正好发小的单位出车去省城松江市送货，我就编了个理由请假散心去了。走到半道还没有拿定主意去哪儿，快到松江市时，我才下定决心并请司机把我送到白乐桥一号省领导彭清泉同志居住的省府小区。

向门卫通报了姓名、打电话联系后，我走进小区中彭家小院那幢复式二层旧楼。还是原来的老样子，静静的庭院，种着蔬菜、鲜花和葡萄；静静的小楼，窗户上的玻璃擦得格外明亮，窗框新刷了油漆。彭清泉同志在他的书房里接待了我这个忘年之交的残疾人。

一见面，清泉同志就主动地和我握手，亲切地说："好久没有见面了，欢迎你！我刚从深圳考察回来，你就来了。近来挺好的吧？请坐。"

"我挺好，顺道来看看您。"我心里还是有些拘束。

见我空手而来，他显得特别高兴："以前我就跟你说过，到这里吃便饭可以，送礼不行。你来看看我就好，我们唠唠嗑儿更好。请喝茶。"他亲自为我倒了一杯热茶。

落座后，他接着问道："又有什么大作吗？"

"我……我没有心情写东西。"

"怎么啦？"

"都半年没开工资了。"想起连日来的一切，我内心波涛汹涌，无法平静，禁不住说道，"真是一言难尽哪！我们杏木林业局这些年'治危兴林'搞得不错，但远水解不了近渴。木材生产任务已经很少了，必须让森林资源得以休养生息。人工林得慢慢生长，成材周期漫长。替代产业现在还不稳定……"

"你的文学成绩不小，没想过动一动吗？"

"往哪儿动呀？"我猛然想起仇声老师的话，"不过，雪城市文联想调我，他们上半年创办了《东北风》文学双月刊，领导们正在全力以赴想办法调我去杂志社当编辑。我完全符合条件，但据说很难办。我特别喜欢当编辑，哪知道这么难？好像够呛了。我发表的作品比较多，也获过奖。"

清泉同志专注地瞅着我，目光炯炯有神。

"要不，您帮我推荐一下吧？"我鼓起勇气说出了心里话，说完顿时面红耳赤，浑身燥热起来，心怦怦直跳，好像就要跳到嗓子眼儿了，以致我忘了是怎么离开白乐桥一号的。

这之后，我就像变了一个人似的，少言寡语，目光呆滞，形单影只，踽踽独行，仿佛长空里的一只孤雁。我是做梦都想离开杏木林业局，恨不得马上就调到雪城市，成为城市人多好啊！可是，毕竟我是林业工人的后代，我的文笔和经验都是在林区这块热土上修炼得来的，真要离开又有点儿舍不得。晚上我老是失眠，辗转反侧，这种时候我就索性披衣来到写字台前坐下，打开台灯，找出稿纸，拟好题目，心中想要书写的文字顿时跃然纸上……

养母情亦深

说罢慈颜变遗容，噩耗恸极泣无声。

从此母子两世界，相会只好在梦中。

这是十年前养母病故时我含泪写的一首小诗。刚刚降生的我就被病魔致残，成为一名小儿麻痹后遗症患者，随后成了一个弃儿。养母从村头的老榆树下将我抱回家中。为了给我治病，他们开始省吃俭用，把节衣缩食攒下的钱几乎全都花在为我求医上，方圆几百里都留下了她和养父的足迹。病情渐渐好转，使我终于从二老的背上滑下。

养母待我恩重如山！不仅是在为我治病的过程中如此，在我求学、工作、娶妻等过程中亦然。因此，童年的我就比较早熟，经常向大人们表露我的心声:"俺爹、俺娘都好!长大后我给他们买罐头吃。凉了?那我给他们热乎。"

……

大约一个多月后,在雪城市文联主席付春风和诗人仇声及有关方面的共同努力下,我终于从杏木林业局调进了《东北风》杂志社编辑部,正式开始了我的文学创作生涯。这件事儿,让我的内心在很长一段时间极度不安,我几乎和彭清泉同志失去了所有的联系。不是我不懂人情、不知感恩,而是我因为给清泉同志出了一道难题而感到内疚,甚至不敢再次面对他信任的目光。我总想,等到有一天我在文学创作上有了新的进步,荣获了全省或者全国的大奖,再去向他汇报我取得的成绩并表达我的谢意。

就是在这样的心理驱使下,我好几年没再拜访过清泉同志,也没有给他打过一次电话。直到有一天,听说他已被调到南方某省高就,我的肠子都悔青了,恐怕再见到他的希望就更渺茫了,今生今世也难以如愿了。无数个和他相识的片段在我的眼前闪回、切换并合成出清晰的画面和影像,是那么的逼真,又那么的生动:在北京国谊宾馆,也就是国务院第一招待所,"全国大森林文学笔会"在这里隆重召开,我和彭清泉同志就是在这次会上结识的。他不仅面善,而且还有几分憨厚,戴着前进帽和宽边眼镜,给我的第一印象就是个炼钢工人。我送他一本《兴林集》,他送我一本《野玫瑰》。我们进行了一些交流,好像都是我在说,他总是点头表示认可。交谈中我还得知清泉同志也是松江人,这个"炼钢工人"就这样成了我的文友。我们通了好几年电话,他的工作好像始终都很忙,直到有一次去省城开会,我按照地址找到省政府,才知道了他的真实身份。

清泉同志与我非亲非故,本来素不相识,只是由于偶然的相遇,多交流了一些创作体会和思想感情,从此结下了不解之缘。他没有喝过我一口水,也没有收过我送的土特产,更不要说金钱了。相反,他请我在家里吃过饭,还赠给我一套《鲁迅全集》。这笔无法估量的良心账我今后可怎么还啊!

九

《东北风》杂志正式创刊了。

因受经费不足制约,杂志社只好暂时先挤在市委北五楼,与市文联合署办公。文联拨给了两间办公室,供编辑部和资料室使用。副主席朱雅文兼任《东北风》杂志社主编,主持全面工作;文艺理论研究室主任仇声任杂志社副主编兼编辑部主任,掌管发稿工作;我任《东北风》杂志责任编辑兼记者,负责编务及其他。这就是刚刚创刊时的最初框架。

文艺界真好！大家互称"老师"，都比较和蔼而又文雅，这是报到当天给我留下的深刻印象。而林区总是那么粗犷和豪放。记得第一次陪同老局长霍大章下林场去慰问冬季木材生产大会战的一线工人，他的"冬运"报告可谓即兴讲话，开口就是："老少爷们儿辛苦了！大家还得继续往一个壶里溺尿。时间紧、任务重，难道就他妈的堆碎了吗？我打过小日本鬼子，那就是把脑袋别在裤腰带上和他们拼命！老子就坚信一个理儿：没有攻不破的堡垒……"大山深处积雪覆盖的工棚的房盖，差点儿就被口号声和欢呼声掀翻了。我从未见过这阵势，当时的情景至今仍挥之不去。

现在我要脱胎换骨，变大俗为大雅，变成彬彬有礼的文化人。今天，我终于闯进了城市的文学艺术殿堂，真是太幸运了，我要把我的全部才华献给雪城的文学事业！

仇声主任确实与众不同，头几次安排工作都是在《东北风》编辑部对面的小吃部进行的，也都是他抢着买单的。三杯过后，他才开始向我面授机宜并布置工作："上班你就坐在那里，目不旁视，假装读书看报，但心里得想着怎样才能编好稿和约到好稿。文艺界就那么回事儿，千万不要被假象所迷惑，没有粗俗，但有绯闻。任何时候你都要记住：写出好作品你就是大爷。绝不扯没用的。你的脑瓜皮还薄，介入是非容易碰得头破血流。宁说玄话，不说闲话，这是经验之谈。好好干吧，等我退休了，你就当编辑部主任。但你得有资本，就是咱俩先把刊物办好，力争办成一流的文学期刊！"

我也是按照"仇老"的点拨去做的，编刊、写作两不误，一干就是十八年，真的当上了《东北风》杂志社第二任编辑部主任，同时加入了中国作家协会，还熬成了国家一级作家。正当我快马加鞭冲向主编宝座的时候，一个意想不到的变故发生了。——雪城市委启动了选拔残疾人担任市残联理事长的相关工作。这彻底打乱了我的全部计划，改变了我的奋斗目标。

市委常委会召开后，组织部门宣读了我的简历和考核情况，在各种意见不统一的情况下，市委书记梁国昌力排众议，并从讲政治的高度发表了重要讲话。最后，会上举手表决，常委们一致同意由我来担任市残联理事长，随后在《雪城日报》上公示了七个工作日，我就走马上任了。记得在市里有关方面的领导送我到市残联上任那天，梁书记再次作了重要讲话，赢来了干部和群众的热烈掌声。

十

月上中天，月光洒进卧室。

妻子也没有睡，她明知故问道："你咋还不睡？你不是说明天还有不少工作吗？快睡吧，别胡思乱想了。"

是呀，真像做梦似的，眨眼之间，我竟成了雪城市残联党组书记、理事长。这次破格提拔，在全市产生了不小的震动，妻子和儿子全都笑得合不拢嘴。妻子晚上还给我做了几个好菜，我也喝了两杯白酒，不知为什么，我却高兴不起来。压力在肩，责任重大，头三脚到底怎么踢？还有我无比喜爱的文学创作，好像也得暂时搁一搁了，唉！

就这么似睡非睡地想着，我的眼前又浮现出几个熟悉的身影，首先是老局长霍大章，接下来是省领导彭清泉，最后就是我的顶头上司梁国昌了。他们对我有知遇之恩，是有血、有肉、有感情、有思想、有人格、有信仰的党员领导干部。没有他们的无私帮助，就不会有我今天的一切，他们先后用实际行动改变了我的人生。

我们的党就像汪洋大海，是千万条江河汇成的大海，是气势磅礴的大海，是波澜壮阔的大海，是汹涌澎湃的大海！它之所以辽阔和伟大，就是因为它吸纳了无数滴水珠，才形成了天地间浩浩荡荡、无边无际的大海……

（此小说于2022年获《中国作家》杂志社等单位主办的"献礼新时代"征文二等奖）

> 代后记

既要有意思　更要有意义

——短篇小说《千条江河归大海》创作谈

《北京文学》有一个叫"好看小说"的栏目，我非常喜欢，经常翻看上面的小说。退休后更是如此。

回顾半生虚度，陡生许多感慨。我竟鼓捣出一篇短篇小说，就是不久前荣获《中国作家》杂志社等单位举办的"献礼新时代"征文二等奖的《千条江河归大海》。老实说，我明知道没有资格编排"创作谈"之类的文章，但又想谁也没有限制我说话的权利，说不好还说不坏吗？大俗则大雅，话糙理不糙，毕竟历史应由后人来评说嘛。

文无第一，武无第二。仁者见仁，智者见智。对于许多一家之言，反正我都不相信。因为著名作家萧红曾经告诫过我们："有各式各样的写法，有各式各样的小说，也有各式各样的作家。"就算我不入流，也不影响我悄悄地鼓捣小说。我的短篇小说《千条江河归大海》，有虚构的故事和人物，也有纪实的要素和色彩。之所以能够获奖，个人理解可能是我比较真诚，通过这篇小说道出了广大残疾人的共同心声。

残疾人的人格境界和特别感受是有痛点的，这个痛点也许就是激发他们创作灵感的一把钥匙。人们常说："上帝为他关上一扇门，就会为他打开一扇窗。"残疾人是一个不应该被忽视的特殊群体，他们对社会和人生的理解往往与众不同。他们在创作中似乎不很重视艺术规律，其实所有的感悟和技巧，都深深地隐藏在娓娓道来的描写之中。他们有宝贵的特质、执着的理念，也有独特的感受和特定的氛围。在真实与虚构的故事情节乃至细节当中，他们通过生动而细腻地再现残疾人的拼搏历程，真实地反映了残疾人的心路历程，进而为我们推出了一系列典型人物的生命简史。我认为，小说就是在塑造人物性格的同时，拓展生活的可能性并揭示人的价值。因此，残疾人和健全人是一样的，在作家当中不存在"残疾人"这一说，我们都是一样的人，只是经历稍有不同。

写文章总要有一个精彩的题目，这篇"创作谈"的题目应该不用我多作解释。有意思就是小说要好看，捧起来能够读下去；有意义就是读后难忘，能够有不尽的联想直至回味无穷。如若用小说拨动读者的心弦，并让他们产生深刻的思考，那就更好了。我自知斤两不够，暂时做不到，可我正在朝着这个方向努力进取。我仿佛看

代后记

到了黎明前的曙光，实际上还有十万八千里。但我此刻信心满满，甚至想到了我冲刺时的阳刚与雄风，以及观众们的呐喊和狂欢……

至于我的小说的语言风格，专家都是认同的；就连颇有争议的小说结尾部分，大家也是认可的。今后我依然要保持定力，那就是：你说你的，我写我的。天下刊物那么多，东方不亮西方亮，何愁没有发表的地方？一旦认准了路，我就要坚决地走到底！

2023 年 9 月于东四寓所

跋

黄大军

作为当代黑龙江地域文学的建构者与探索者之一,代英夫以书写黑龙江风土人情与民情民性见长,这以他聚焦知识分子生存困境与性格弱点的中短篇小说为代表。作家擅长从物欲、情欲与人性的多重纠结入手,通过悬念迭起、委婉动人的情节设计,为大时代中的小人物进行灵魂塑像,以此折射社会转型过程中的文化变迁与人性蜕变。对于男性,他多从负面欲望出发,批判小人物的性格弱点与道德瑕疵;对于女性,他多从正面欲望入手,凭借苦难与磨砺探寻女性美与人性美。代英夫的小说注重人文关怀、人性审视与形式探索的有机结合,体现出鲜明的东北地域色彩与精神底色。

代英夫在小说中塑造了一批个性鲜明、有血有肉的小人物形象,为黑龙江文学拓展地域版图与精神版图做出了积极探索。关于小人物塑造,中西方文学都有丰富、厚重的文学传统。俄国"小人物"文学就是闪耀世界文坛的一道独特风景,具有代表性的有普希金的《驿站长》、果戈理的《外套》与《狂人日记》、陀思妥耶夫斯基的《穷人》、契诃夫的《小公务员之死》等一大批优秀作品。俄国"小人物"创作是十九世纪俄国批判现实主义的杰出成就，作家们一方面对小人物寄予或悲悯或谴责的深厚情感，另一方面也对造成小人物不幸命运的社会原因和个体原因进行了挖掘。他们的作品流露出人道主义和民主主义的光辉。在小人物书写方面，自鲁迅以来的中国新文学工作者也有富于启蒙性与民族性的卓越创造，涌现出阿Q、祥林嫂、祥子、翠翠、许三观、福贵、刘高兴等一批异彩纷呈的小人物典型。这些小人物体现了作家对国民性的时代认知与独特审视，丰富着我们对民族文化性格的理解以及对中国社会历史变迁的认识。代英夫在借鉴中西方同类题材创作传统的同时，有着自己的美学考量与诠释方式。他注重从情欲、物欲与心理相结合的视角来观照小人物，体现出独特的社会分析与人性解读路径，丰富了小人物塑造的文学谱系与美学传统。

《粉红色的秘密》是一篇借助情欲视角反思社会文化生态的小说力作。它展现了一个科级职员在色情恐吓面前的张皇失措与灵魂自虐，作者看似紧盯这个小人物不放，实则是要对社会的不良风气与某些阴暗面发出挞伐之声。故事中的刘铭本是一位掌管单位人财物的科级小干部，工作、口碑都不错，但他的平静生活被一封夹带色情照片的嫖娼恐吓信骤然打破。他在极度惊恐中自责自咎，"好人"形象顿时扭曲变形。有人指出："在'德欲'与'色欲'的伦

跋

理关系中,'色欲'作为'德欲'规约的对象,总是试图突破'德欲'稀疏的篱墙而越界。"据主人公追忆,色照事件似乎不是空穴来风。他曾迷恋讲黄段子,还曾做过非礼漂亮女明星的梦,他出差时可能犯过错,但酒醉断片了,他还情迷已婚的女同学……但这都是以前的"过失",自从当上铁路房产中心主任之后,他早已不做失德失范之事。小说的高明之处在于,这种对色情照片来源的自究自辩,被处理得异常微妙与朦胧,并使人性解码与社会批判水乳交融,作品对小人物胆小、善良、疼痛、温情的一面不吝笔墨。但读到尾声,我们得知这不过是一起利用合成的色情照片敲诈勒索的恶性事件。由此,这种过分的自究自辩就显得十分荒诞和可笑。然而,不法分子为何敢向一些厂长、官员、名人大肆诈骗?为何小人物刘铭在一场虚惊面前精神崩溃、几欲自杀?这背后的答案不是发人深思吗?

《春梦》与《扯淡》也是以情欲为主题的作品,前者侧重个体的情欲解析,后者则将批判的矛头指向了社会的野蛮与暴力。《春梦》的故事由主角刘铁寄错信引起,这奠定了小说的戏剧性基调。故事主体由主人公的回忆构成,讲述了一个类似张爱玲《红玫瑰与白玫瑰》那样的婚恋故事。事情要从二十年前说起,那时结婚后的刘铁发现曾令他无限着迷的妻子在朝夕相处中已经风韵不再。在一

城里城外

次同学聚会后,他与妻子吵架后出门,夜色中路遇聚会时遇到的女同学苏婉,被其美貌深深吸引。刘铁护送单身的苏婉回家,夜深人静,孤男寡女,共处一室,一个睡床,一个睡沙发,一个几乎一夜未眠,一个似乎水波不兴。难道这次艳遇就这样止于唇齿掩于岁月了吗?故事随即跳转,二十年后外出培训的刘铁给女儿、老伴和苏婉写了三封信,唯恐出错,可到底还是将母女的信装错了信封。庆幸之际,主角对另一种可能做出想象,那就是如果将苏婉和老婆的信弄错,后果将不堪设想。这一笔的高明在于,看透不说透,点到不说破。由此,刘铁与苏婉在时光深处的关系反被写活了。在运用曲笔、偶然与虚写等方面,这篇作品可谓摇曳生姿,在人性挖掘上,更是细腻入微,这使该作品韵味十足,堪称同类作品中的佼佼者。小说《扯淡》反讽意味更浓,编辑刘文并非污浊不堪之人,他只是爱在外面讲笑话、说段子,尤其爱讲带色的故事,在他人的笑声中收割存在感。刘文所讲的其实也是听来的,但祸从口出,扯淡也是要付出代价的。结果,市文联主席听闻他找过"小姐",发展他入党的事儿泡了汤,妻子得知后骂他跑骚,大闹一场。直至此时,他还是被胡老板拉去了洗浴中心,突遇色诱与惊吓后,"他暗暗发誓别吃一百个豆不嫌腥,今后要特别注意"。这篇小说可谓入木三分地写出了小人物的不知自爱与周围大众的国民劣根性。

跋

小说《出名》则是从物欲角度对男性小人物进行针砭的作品。该小说同样关注对男性负面欲望的揭露，以及对人物的矛盾性格与微妙心理的剖析。小说讲述的是一对好友在物欲、利欲与名欲面前的丑态和表演。孙山杰和"我"不仅是发小且亲如兄弟。为出名，孙山杰以"我"之名发表有争议的作品，然后署真名发表批评文章让自己出名，对"我"造成伤害。另外，在名利面前，"我"就抵得住诱惑吗？如果说，有孙山杰李代桃僵在先，"我"为了加分当上杂志编辑与市文联秘书长，在他不知所踪之后，只是将错就错，默认小说的署名权；那么，后来为了升职而将同名之人的新作窃为己有，则完全出自私欲与贪婪。可见，在利欲面前，"我"同样不择手段、厚颜无耻，甚至较孙山杰更有过之。因为孙山杰尚能自我放逐，而"我"却安享尊荣。更为微妙的是，"我"之所以尽心尽力地关照孙山杰的父母，穷尽办法寻找好友的下落，也是潜意识中忏悔意识在作祟。代英夫的写作观很朴实，就是写自己熟悉的生活和故事。他笔下的男主角多为编辑、秘书或有文学写作爱好的公职人员，里面有他自己的生活和体验，这使其作品经得起推敲与检验，体现出厚重与深刻的审美品格。

纵观代英夫的小说可知，他对男性与女性有着不同的审美态度与性别认同。对于男性，他多从负面欲望出发，揭露小人物的性格弊端与道德缺失；对于女性，他多从正面欲望入手，展示女性的生命痛感与美好心性。这尤其体现在情爱视域下作家对女性形象及命运的观照与聚焦上。在对爱情强度和稳定性的认识上，代英夫有着十分贴近现实与欲望的清醒判断，他既重视男女精神层面的契合与交流，也强调男女肉体上的吸引与结合，并且认为对于建构情侣亲密关系而言，性关系更为基础和根本。基于如上情爱解读，代英夫笔下的情爱世界既不抽象化，也不理想化，而是充满人性与欲望的各种可能，呈现缤纷多彩的内涵与面相。所以，在以女性为表现重心的作品中，他借助三角恋、偷情、单恋、错恋、绝恋、痴恋、生死恋、姐弟恋、移情别恋等情感模式，既写出了充满激情与欢娱的情爱，也写出了违背伦理而符合情欲的性爱，更表达了作家对女性的理解与同情。中篇小说《风中有雨》在这方面有代表性。

该小说讲述了一个好女人如何沦落为坏女人的失足故事。董铭有着令人嫉妒的美貌与性感，在爱情和婚姻上，她不慕富贵，忠于内心，看重人品与形象，和一位汽车司机两情相悦、喜结连理，堪称女性典范。恋人庞大军吸引她的是伟岸英俊、体贴入微，是男性的力量与性爱的激情，是给予她的情欲满足与对她的肉体迷恋。董铭的性爱认同，构成作者肯定这个女性的重要维度，为此，他不惜挥墨如泼，展现了她做女孩时的性渴望以及做女人时的性缠绵。婚

跋

前，为了确认爱人生理是否正常，她主动与男友发生关系。婚后，她和丈夫情投意合，相亲相爱。董铭觉得这样的自己才是完整的女人、时尚的女人与最幸福的女人。显然，这种女性定位与婚姻认同自有其人性基础与道德合理性，同时也说明董铭绝非风流成性、水性杨花之人，如果不是生活发生变故，她绝不会自甘堕落沦为他人情妇。

然而，董铭最终还是委身县长乔莫非，背叛了身处逆境且深爱自己的丈夫。表面上看，董铭的沉沦是因为经济原因，因为丈夫不幸罹难、成为残废，家庭重担与巨额医药费令作为小学教师的她难以负荷。但只要细加考量就会发现，对董铭而言，较之经济压力，她更不可承受的是情欲缺失，是爱人因下身残缺而不再有性能力的事实，是自己今后要面对无性婚姻的残酷。正如叙述者所言："性爱可是维系男女关系最主要也是最直接的方法，无性的婚姻才是不道德的。"董铭对爱情、对婚姻即持此种态度。在这种情境下，县长乔莫非的男人魅力、富贵权势以及优雅浪漫的调情，就对董铭这位知性美女别有一种诱惑力与杀伤力。她为了回击小学校长的轻蔑，也为了挣到可观的回扣，就夸下海口陷自身于绝境，仅凭与县长的一面之识，就贸然去求其为学校追加拨款，自取其辱后仍心存幻想，并未断然离去，而面对男人的性暗示她也未予拒绝，且愈陷愈深，自我迷失，这说明男人击中的正是女人情欲深处的渴望。正如布吕克内所指出的："忠诚这个问题根本又无解：保持坚贞非常困难，而背叛又是如此微妙。"另外，我们也要看到董铭有为破碎的家庭和残缺的老公真心付出的一面，至少在出轨前是这样，而且她自始至终都没有遗弃丈夫，这都体现了她本性美好与心地善良。毕竟，"我们既不是英雄，也不是圣人，我们只是简单的人，牺牲精神有限"。所以，整篇小说既充分肯定了激情与性爱对于男女相伴相守的重要性，又将无性婚姻对爱侣关系的瓦解揭露得令人扎心。作者没有停留于谴责与说教的层面，而是对女性的性心理作出解码，并让两性关系中的另一种真实得以浮现。

小说《隐私》也是一篇在描写女性情欲方面颇具特色的作品。该作品既书写了另类情欲的暧昧与朦胧，又书写了它的诱惑与美丽。作者通过设置具有因果关系的套娃式双层叙事结构，讲述了一个具有家族轮回意味的另类情爱故事。在小说中，刘文的身世之谜是暗线，刘文与梅姐的交往为明线，二者共同演绎了这个让人意乱情迷的情感故事。青年刘文是否为母亲亲生，一直是他成长过程中的一个困惑。这种心灵创伤与先天残疾，加深了他的自卑感与不幸感。因有残疾，女方家长不同意他和女儿苗文静的婚事，导致女孩离家出走。文静表姐对他深表同情，约其见面温婉抚慰，梅姐以女

跋

性的成熟美带给刘文另一种感动,"梅姐的体香使他感到温馨和慰藉,他情不自禁地扑在梅姐的怀里"。次日,刘文晚上下班遇到梅姐,在梅姐家,单身美妇与失恋青年敞开心扉,喝得酒暖情浓,刘文醉酒睡去。"第二天到单位后,他还觉得有些头痛。昨晚的一切就像做梦似的,使他既感到甜蜜,又感到不好意思。"小说就这样讲述了一次美丽的艳遇,在此,世俗的道德判断被作家的情欲眼光取而代之,这使故事中的情爱场面异常温馨、朦胧,充满了自由与人性。故事结尾,临终前的母亲告诉他,舅舅才是他的亲爸,自己只是他的姑姑。这极富想象的一笔将两代人的感情故事堆叠、勾连在一起,读来意味深长。

代英夫的小说追求多义与朦胧,这在形式上体现为空白、跳跃、暗示、反讽、象征等多元艺术手法的运用,而在内容上则指向人性的游移与世界的不确定性。于文秀教授指出:"作为生命个体的'我'其生命是脆弱有限的,其意识包含理性成分也包含非理性成分,是飘忽不定的。"代英夫的小说在认识上的偶然论和不可知论,植根于他对个体感性生命的凸现与对现存价值体系的质询,这赋予其创作以自由开放的品格与复杂多义的空间。他的情爱题材小说《风中有雨》《隐私》体现了这一创作诉求,他的非情爱题材小说也是如此。比如小说《朦胧》,它由"题字""雪城疑案""缘从何来""故事里的人物"四个独立故事组成，每个故事都充满悬念、荒诞、巧合、宿命等元素，读后令人对人世间不合常理、不可理喻的一面不胜唏嘘。其中"缘从何来"一篇写两个男人飙车，意外发生车祸，一人住院，另一人常去探望，一来二去，探望者和伤者的姐姐成了恋人，并结了婚，两个车祸当事人竟成了亲戚。这一反转可谓写出了人世的无常与变幻，充满文化象征意味。

代英夫的小说不仅在情欲书写方面不落窠臼，亦在爱欲书写方面别开生面。如果说作家情欲书写的价值在于展现现实原则支配下自我与本我的矛盾与冲突，那么其笔下的爱欲书写就具有超越现实原则，建构男女小人物的超我形象与理想人格的审美诉求。爱欲虽然包含人类的原始欲望，但它不止于生命的本能欲求，而是可以从异性间的性行为扩张到一切人类活动，体现着人类对快乐的渴望，表达着人类对于爱和自由的追求。代英夫写男性小人物的人性弱点，有自审的一面，更重批判；而写美丽善良的女性，有认同的一面，更显宽容。作者是一位具有人文关怀与大爱精神的知识分子，因而其创作不仅有社会批判，更有人性拯救。他笔下的小人物在经历了一番生活危机之后，大都走向了道德与人性的统一。他们或是回归生活正轨，或是坚执内心理想，表现出独立自主、积极向上的精神品格，实现着生存困境的突围与自我救治。

跋

中篇小说《城里城外》围绕雪、珍与吉,讲述了一个凄美哀婉的三角恋故事。"阴冷、灰暗、凄苦是小说的基调。"这部小说中的两个女人——雪与珍,因爱上同一个男人吉而陷入痛苦与相互伤害之中,但不论是雪的执着还是珍的坚守,她们的爱都出自人性真实,有其自身的合理性。这篇小说的中心意象是"眼睛",包括雪父亲的眼睛、雪母亲的眼睛、吉的眼睛、珍的眼睛,这一扇扇心灵之窗,原本应架通人与人之间的分隔,最终却化作自我囚禁的牢房。雪的父母关系不和,她自小失去了父爱。男孩吉有着雪的父亲那样一双"深沉热情而又无限寂寞、无限痛楚的眼睛",雪由此爱上了吉,但雪的母亲却憎恨这双眼睛,不同意二人在一起,加之雪考上了大学,而吉没有,家长的反对与地位的差距,导致二人痛苦分手。但雪始终无法忘记吉。七年后,单身的雪与已婚的吉再次相遇,雪依旧美丽,两人的真爱让吉的妻子珍伤心欲绝,雪无奈再次离开。而作为妻子的珍,同样对吉倾尽一腔挚爱,付出良多。身患绝症的她蓦然得知爱情的不完整,其撕裂之痛无以言表。爱情是自私的,珍向雪提出,"我一无所有,请你原谅,把他留给我"。在最后时刻,珍逼吉发下永远爱自己的毒誓,雪看到"珍最后那一眼好亮好寒"。虽然没有了珍,但雪和吉之间却有了鸿沟。雪虽泪水纷飞,却也无力挽回。吉再次结婚,但新娘不是雪,而是珍的妹妹蕙，雪只能忍痛离开。此外，小说的悲剧色彩也因故事时间多选择中秋而得到强化。这个故事颇有渡边淳一小说《泪壶》的某些风味。其深刻之处在于，它写出了爱情、道德与人性三者之间的不可调和，尤其是两位女人之间的较量与坚守，更难以用孰是孰非加以裁量，这是超越普通情爱的人性困境。雪与珍既与我们相隔遥远，又与我们心底的自我深深重合。

如果说《城里城外》写女性对情的执着，那么小说《暮冬》呈现的就是男性对情的坚守。这是一个发生在某个林场的故事，主角是林场男工赵奇。小说开篇设疑，女工刘英人才出众，身边不乏追求者，但这位优秀的姑娘却在感情上遭到来自赵奇的冷遇，由此读者解悬之心顿生。在生活中，赵奇更是一心扑在伐木上，少言寡语，情绪消沉，让人不解，这都增强了小说的悬念。热心的工友以为他失恋了。为了打消同事的猜测与误会，他终于道出实情。他曾与一位姑娘相处三年，爱得死心塌地，正当爱情之花迎春绽放之际，不幸发生，"桂贞竟因被歹徒强暴自缢了"。因为未能保护好恋人，赵奇深自悔之，他调转工作只身来到林场，在劳作中舔舐伤口、安妥灵魂。这是存活在物欲时代的一方爱情绿洲，特别是当爱情的忠贞不渝已成绝响之际，这种理想主义书写就不仅难得而且珍贵，这对具有审美救赎功能的文学而言尤其如此。因为"有了这种

跋

梦想，才使得文学的写作彰显出文明的气质与高贵的教养"。

代英夫对爱欲的开掘并未局限于情爱，他也写过《快感》《少妇》《大龄女》《文友记怀》《千条江河归大海》《三战三捷》等小说，从写作意义、成长历程、民族精神等方面对爱欲与正义加以褒扬。比如《快感》是一篇从侧面对贪腐现象加以抨击的小说，但其立意则落在对写作的肯定上。刘文是残疾人，能写小说。县里的刘部长赏识人才，要调他到文联。文联顾主席是不打点就难办事的主儿。刘文两口子觉得舍不出孩子套不住狼，决定送礼。顾主席没收钱，只让他有机会看到市纪检委刘副书记时，"告诉他我都安排好了"。刘文调进文联后，牢记文联秘书长王家骥的告诫，"今后把精力都用在创作上，只有写出好作品才会有本钱"。他很快因写作扬名县城，写作带给他快感，在写作中他感到自己是最幸福的人。这种情节设计道出了小人物在夹缝中讨生活的无奈，同时也颂扬了他们的可亲可敬。

代英夫将此类题材推向深沉博大之境的是小说《千条江河归大海》，这是一篇记录作家本人成长与奋斗历程的自传体小说。小说中的"我"是一位天生残疾的弃婴，这样的人生开端注定了主人公人生之路的坎坷与艰辛。作品抒写了继父母恩重如山的养育之情，讲述了多位生命中的"贵人"助其摆脱社会歧视与人生逆境的知遇之恩。从中我们不仅可以看到社会处处充满真情、真爱与真心的温馨场景,也能深切感受到主人公对生命、亲情、家庭、生活与社会的无限感恩与无比热爱,还能从其身残志坚、回报社会的成长启示与精神境界里受到激励与教育。这篇小说闪现出动人的光芒与异彩,别具一种深厚质朴的情感力量。这种对小人物的人格礼赞在小说《三战三捷》中达到极致。安文吉是镜泊湖地方的一位中医,是一位死也不当亡国奴的风尘硬汉。他应抗日救国军之邀出山抗日,机智勇敢、从容镇定地与小岛支队长周旋,接连三次协助抗联打击敌人,每一次都令侵略者豕突狼奔、伤亡惨重,最后一次逼得小岛支队长剖腹自杀。小说以史实为据,穿越历史烟云,成功地塑造了这位生活于白山黑水之间的华夏儿女的英雄形象,以及他的传奇故事与丰功伟绩,为这片热土添上了一抹雄浑壮丽的色彩,筑起了一座巍然矗立的丰碑!